講談社文庫

質屋の娘

駕籠屋《かごや》春秋 新三《しんざ》と太十《たじゆう》

岡本さとる

講談社

目次

質屋の娘

駕籠屋春秋　新三と太十

一　質屋の娘

一

昼下がりとなって、新三《しんざ》と太十《たじゅう》は人形町《にんぎょうちょう》の〝駕籠留《かごとめ》〟に一旦《いったん》戻った。

店に待機して言われるがままに客を迎え、目的地まで運べばよいのだが、この二人は辻駕籠として町を流すのを好む。

親方の留五郎《とめごろう》に損料を払い、気の向くままに江戸《えど》の町を行くのが、二人共性に合っているらしい。

とはいえ、二人が舁《か》く駕籠はほどよい揺れが心地よくて眠りを誘われる。愛敬《あいきょう》があって余計《よけい》な口は利かず、安心して乗っていられる。

評判が立つと客からの指《さ》しが入る。

時には留五郎や、その娘で駕籠屋を取り仕切っているお龍《りょう》、お鷹《たか》姉妹に流しを止められることもある。

それゆえ、一通り町を流すと必ず間に一度は駕籠屋に顔を出すようにしているのだ。

文政《ぶんせい》三年の正月を迎え、松の内が過ぎても町は活気に溢《あふ》れている。

気丈夫でしっかり者の姉妹も、ますます意気軒高《いきけんこう》なのだが、またひとつ歳をとったというのに、二人が嫁ぐ日は遠いようだ。

新三と太十が店を覗《のぞ》くと、

「おや、新さん、太ァさん、好《い》いところに顔を出してくれたよ」

「まったく、町を流さなくったって、好いお客をいくらでも付けてあげるのにさあ」

お龍とお鷹が叫ぶように寄ってきた。

さらにその向こうから、

「ああ、よかったよかった。ちょいと二人に頼みたいんだ」

留五郎がほっとした表情を浮かべていた。

鬼瓦《おにがわら》のようないかつい顔の中に、愛らしい狸《たぬき》のような風貌《ふうぼう》が交じっている。

このえも言われぬおもしろみが、親方の身上だ。

唇をぐっと閉じれば威厳があり、綻《ほころ》ばせると愛敬が漂い、この顔でものを頼まれるとどんなことでも引き受けたくなる。

「へい、何なりと」

思わず新三が口を開いた。

太十はいつものように、にこやかに横で頷《うなず》いている。

「それがちょいとややこしい話でねえ」

留五郎はしかつめらしい顔をしたが、お龍とお鷹はにやついた表情をしている。

殺伐とした話でもなさそうだ。

「まあ、ちょいと一服しながら聞いておくれな」

留五郎は二人を土間に続く座敷へと呼んだ。

そして低い声で、

「日が暮れた頃に、深川《ふかがわ》から娘さんを一人、引き取って来てもらいてえんだ」

あらましを語った。

「その上で、何もかも忘れてもらいてえのさ」

娘は堺町《さかいちょう》の質屋の娘・お寿々《すず》である。

縹緻《きりょう》もよく、快活で評判のよい娘なのだが、おかしな男に引っかかってしまって、そ奴の家に囚《とら》われの身になっているらしい。

男は深川清住町《きよすみちょう》に住む喜三郎《きさぶろう》という。

歳の頃は二十五、六。化粧品の行商をしているのだが、弁が立ちほどのよい男振りで、女から巧みに金を引き出す小悪党である。

虫も殺さぬ顔をしていて、実のところは腕っ節も強く、気性も残忍な一面を持っているようだ。

「おれを女をたぶらかすしか能のねえ、くだらねえ野郎だと思っている奴らには、そのうちでけえやまを踏んで吠え面《ほづら》をかかせてやらあ」

近頃ではそんな風に強がっていたのだが、その〝大きなやま〟が、お寿々の拐《かどわ》かしであったらしい。

「堺町の質屋ってえのは……？」

新三が首を傾《かし》げた。

「喜久屋《きくや》さんだよ」

横手からお龍が話に入ってきた。

「喜久屋？　知っておりやす。あすこはなかなか大きな店ですぜ」

太十がきょとんとした顔をした。

そんな大店《おおだな》の娘が、その辺りの色事師に騙《だま》されてしまうなど考えられないと思ったのである。

「それがさあ、喜三郎って奴には、お蓮《れん》という妹がいてね。これがまたとんでもない奴なのよ」

お鷹が身を乗り出した。

「こちらの妹とは大違いってわけで」

新三が返した。

「新さん、それってあたしをからかっているのかい？」

「うるせえや。お龍もお鷹も勝手に話に入ってくるんじゃあねえや」

留五郎は口うるさい娘を黙らせると、

「喜久屋さんの娘は、長谷川町《はせがわちよう》の師匠のところに稽古《けいこ》に行っていたんだがな……」

話を続けた。

長谷川町の師匠というのは常磐津《ときわづ》の師匠のおえんのことである。

新三と太十も頼まれて乗せる時もあるが、〝駕籠留〟では主に二人の兄貴分である、徳太郎《とくたろう》、良次郎《よしじろう》が駕籠舁きを務める得意先ゆえ、留五郎の耳にも噂《うわさ》が届いていた。

盛り場で酌婦《しやくふ》をしているお蓮もまた、おえんの弟子であったらしい。

ただ一途《いちず》に自分の芸の幅を広げようというものではなく、お蓮はそこでの出会いを巧みに金儲《かねもう》けに繋《つな》げていたようだ。

箱入り娘のお寿々を、女同士ゆえの話し易《やす》さで取り込み、喜三郎に引き合せたのだ。

兄妹共に口が達者で、世慣れているのである。

世間知らずの小娘が興をそそられるのも無理はなかろう。

ましてやお寿々には、この兄妹が知る人ぞ知る悪党であるなどと知る由《よし》もない。

お蓮は、おえんの稽古場で会ったお寿々に、

「帰りにちょっとだけ、あたしの家へ寄っていかないかい？　珍しいものがあるんだよ……」

などと言って連れ出し、それに先立ってお寿々付の女中には、

「お嬢さんが、紅を買ってきてもらいたいと言っておいでだよ」

と欺いて遣いに出した。

お寿々は、女中が先にお蓮の家に行っているものだと思っていた。

そうしてお蓮は言葉巧みにお寿々を喜三郎の家に引き入れた。

すると、以前会った時に見せた物腰の柔さが一変して、

「おれの家へ入ったからは、お前はもうおれの女だ……」

と、喜三郎はお寿々に凄《すご》んだ。

恐れをなしたお寿々は、身が竦《すく》んでしまって、されるがままに軟禁された。

そしてお蓮が喜久屋へ乗り込み、店の主《あるじ》でお寿々の父親・富久右衛門《ふくえもん》にこの由を伝えたのだ。

女中に逸《はぐ》れ、稽古へ行ったまま帰ってこないお寿々を案じていた富久右衛門は、これを聞いて驚愕《きようがく》した。

お寿々は十七。既に縁談も持ち上がっている。

蔵前《くらまえ》の大商人の次男坊が、お寿々を見初めて、喜久屋の婿《むこ》になると、話がまとまっているそうな。

ここは何とか穏便に話をつけて、お寿々をそっと返してもらうしかなかろう。

まずお蓮に十両を手渡し、

「何とかお寿々を連れ帰ってもらえませんかねえ」

と頼んでみたが、

「あたしもちょっとは名の通った女でございましてねえ。十両ぽっちの金を摑《つか》まされて、兄さんの恋路の邪魔などできませんよう」

そっちで勝手に喜三郎と話をつけろと、嘯《うそぶ》くばかりであった。

仕方なくまず番頭を遣《や》って交渉させると、喜三郎は商売物をしまっている小さな納

戸にお寿々を押し込めていて、

「妹のお蓮に十両なんて目くされ金を摑ますとは、どういう了見なんだい。おれはこれでも命がけでお寿々に惚《ほ》れているんだぜ。たとえ強《つえ》えお侍に刀を突きつけられても、おれは不承知さ。いざとなりゃあ、家に火ィつけて娘共々死んでやるからそう思いな」

と、息巻いた。

どうせ金を吊り上げるための脅しであろうが、娘を質に取られてしまってはどうしようもない。

力尽くで奪い返せば、騒ぎになってこのことが世間に知れ渡るであろう。

家にいるところを攫《さら》われたわけでもない。

お蓮の口車に乗せられたとはいえ、付いていったお寿々の不注意でもある。

番頭の報告を聞いた富久右衛門は、ここに至っては是非もないと、間に人を立ててそれなりの金を積んで引き取ることに決めた。

しかし、問題は誰を間に立てるかであった。

処の顔役と呼ばれている者に頼むと、かえって喜三郎を身構えさせるかもしれない。

また、その筋に一度ものを頼めば借りが出来てしまう。

これは博奕場《ばくちば》で金を借りるようなもので、後々因果が付きまとうかもしれない。

そこで頼りになるのが目明かし、御用聞きと呼ばれる者で、思案橋《しあんばし》の袂《たもと》で唐辛子屋をしている〝思案の長次郎《ちょうじろう》〟に話をしてもらうことになった。

長次郎は三十絡みで、なかなかに情が厚く、思慮深く、弱い者の味方になってくれるので〝思案橋の親分〟などと呼ばれて慕われている。

富久右衛門は、百両の金を託し、この金で何とか取り返してもらいたいと頼んだのである。

長次郎は正義を貫く男であるから、

「そんな野郎にはびた一文払うこたありませんや。あっしがしょっ引《ぴ》いてやりますぜ」

などと憤ったら、また話がややこしくなるのではないかと危惧《きぐ》したが、長次郎も存外にその辺りの話はわかっていて、

「ここは黙って奴の思いのままにさせておきやしょう。まず娘さんを無傷で取り戻すのが先決ですからねえ」

上手く話をつけようと引き受けたのだ。

そして、長次郎が間に入ると伝えると、喜三郎も長次郎の噂を聞き及んでいて、

「思案橋の親分が間に入るというなら、話を聞きやしょう。だが、しっかりと得心させてくれねえと、あっしにも意地ってもんがありますぜ……」

との返事がきた。

長次郎が間に入るなら、引き下がっても恥にはならない。だが、それなりの金はいただきましょう——。

その意思を示したのだ。

長次郎が喜三郎に会いに行くのがこの日の日暮れ。

そっとお寿々を連れ帰るのには駕籠がいる。

後からおかしな噂が駕籠舁きの耳に入って、誤った話となって広まっても困る。

端《はな》から事情を話した上で、知らぬふりをしてお寿々を無事に〝喜久屋〟まで届けてくれる駕籠舁きが求められた。

そうして〝喜久屋〟から留五郎に話がきて、

「そういうことなら、頼りになるのがおりやす」

と、〝駕籠留〟では、父娘三人が新三と太十の戻りを今か今かと待っていたのである。

二

新三と太十は、早速思案橋の袂にある唐辛子屋に、長次郎を訪ねた。

店はほとんど女房に任せて、お上の御用を務めるのが御用聞きと言われる者には多い。

長次郎もその一人らしく、愛想の好い女房が、七つ八つの娘に手伝わせながら、長次郎を送り出してくれた。

新三と太十は、長次郎とは既に何度か顔を合わせていた。

駕籠で町を流していると、自ずと通行人の姿が目に入るので、長次郎から御用の筋に応《こた》えてくれと呼び止められて、何度か情報をもたらしていたのである。

その時の印象は互いに心惹《こころひ》かれるものがあった。

長次郎は、〝雲助〟などと揶揄《やゆ》される破落戸紛《ごろつきまが》いの駕籠舁きもいる中で、何と爽やかな二人組だと思ったたし、新三と太十も、

「ぶったところのねえ好い親分だな」

「まったくだ。手札を見せびらかして人を脅すような奴もいるが、あの親分は違う」

と言い合っていたので、

「お前らと一緒なら心強いや」

長次郎は喜んで二人の駕籠に乗ったものだ。

「親分、喜三郎てえのは許せねえ野郎ですねえ」

新三がそのように囁《ささや》くと、

「まあ、そのうちに、小伝馬町《こでんまちよう》で物相飯《もつそうめし》を食わせてやるさ」

長次郎は思い入れたっぷりに言ったが、

「だが、お寿々って娘も不用心だ。騙されたとはいえ、お蓮みてえな女と片時でもつるんだのはいただけねえぜ。ちょいとばかり親に歯向かってやろうという魂胆が透けて見えるような……。喜三郎に金が渡るのは業腹だが、質屋の父娘に何かしら痛みを与えてやるのも悪かねえや」

と付け加えた。

なるほど、それもそうだと新三と太十は納得した。

富久右衛門にも娘を見守る義務があり、お寿々もいささか羽目を外した報いを受けたと言える。

質屋はそれなりの店であるから、少々の金をたかられたとてどうにでもなろう。

喜三郎に金が渡ったとて、実直に金を使う男でもない。

パッと使えば、それだけ世間に金が回るのだ。多少くれてやればよいのだ。

思案の長次郎——、思案した上での結論なのか。

なかなかにさっぱりとしている。

新三と太十も気が楽になってきた。

これからの段取りは、まず深川の喜三郎の家の前に駕籠をつける。

長次郎が中へ入り、喜三郎と話をつけて、お寿々をそっと駕籠へ乗せて、〝喜久屋〟へと運ぶというものだ。

清住町へ着くと、既に日はすっかりと暮れていた。

喜三郎の家は、小さな商店が続く表長屋の端の一軒である。

隣は箱屋で、もう既に店は仕舞っていて、戸締まりがされていた。

誰かが駕籠で家に戻る中《ちゅう》に、ふと頼まれていた化粧品を買い求めんと思い立ち、喜三郎の家に立ち寄った——。

そんな風に見せかけて、新三と太十は喜三郎の家の戸の前すれすれに駕籠を止めて、長次郎を送り込んだが、その際に、

「親分、もし何か起こりましたら、あっしと太十とで助《す》けに入りますんで……」

新三はそのように耳打ちをした。

そして、表で長次郎がお寿々を連れて出てくるのを待ったが、その間は二人で腰高障子の戸の隙間《すきま》から中の様子を窺《うかが》った。

喜三郎は存外に華奢《きゃしゃ》で、おっとりとした顔付をしていた。

「こいつは思案橋の親分、わざわざご足労くださいまして相すみません。いえね、質屋の番頭がくだらねえことをぬかしやがるんで、あっしもついカーッとなっちまいまして、口はばってえことを言っちまいました次第でございまして……」

なるほど調子の好い男である。

人を見て物を言うのが巧みのようだ。

こう下手に出られると長次郎も悪い気はしまい。

だが長次郎も海千山千の御用聞きである。話のつけ方はかくあるべしと、

「馬鹿野郎！　おれを娘一人のことで引っ張り出しやがって。手前の頭を丸形の十手でかち割ってやりてえ想いだぜ！」

と、十手は見せぬものの、まず一喝して脅しをかけてから、

「だがなあ、けちな色事師と思っていたお前が、命がけで吠えたと聞いて、ちょいとばかり見直したってところよ」

少しばかり持ち上げてやる。

「へへへ、こいつは畏《おそ》れ入ります……」

喜三郎は頭を掻《か》いた。

「そういうお前の面ァ見たくなって、わざわざこうしてやって来たんだ。わかってくれるな」

「へい、そいつはもう」

「それで来てみりゃあ喜三《きざ》、お前何だか変わったなあ」

「そうでやすかい」

「ああ、面構えがどっしりとしてきやがった。男はそうじゃあねえとな」

「こいつはまた畏れ入ります」

「おれもちょっとは人に知られた長次郎だ。男同士の話といこうじゃあねえか。なに、お前の顔が立つようにしてやるから念には及ばねえよう」

「さいでやすか。そんなら親分、ちょいとお訊ねいたしますが」

「何でえ、言ってみろい」

「へえ、あっしの顔をどんな風に立てていただけるんでしょうねえ……」

「馬鹿野郎！」

「へい……」

「おれは娘を引き取りに来たんだ。お前は恋に命をかけているそうだが、娘のことを思えばここは思い切るしかあるめえ。そうだろう」

「お寿々のことを思えばこそ、思い切れと仰《おつしや》るんで……」

「当り前だ。手前の分をわきまえねえか！　だがお前にも男の意地があらあな」

「へい。そこでございます。そこを何とか……」

「何とかするのは金しかねえだろ」

「そりゃあ、まあ、それが何よりはっきりするかと」

「やかましいや。十両ぽっちじゃあ顔も意地も立たねえ、お前はそう言いてえんだろう」

「金で意地や面目は買えませんが、十両と言われりゃあ腹も立ちまさあ」

「そいつはお前の言う通りだ」

「さすがは親分、男の気持ちがよくわかっておいでだ」

「そこで相談だ」

「へい！」

思わず喜三郎が身を乗り出した。

「お前の肚《はら》は、百両ってところか」

「へい、まあそんなところで」

「お前とは気が合いそうだぜ」

「へへへ……」

「だがなあ、おれの意地と面目はどうしてくれるんだ」

「と、申しますと？」

「おれも頼まれて間に入ったんだ。相手が誰であろうと、言い値を黙って置いてきたんじゃあ、ガキの使いと笑われるぜ」

「そうでございますかねえ」

「笑われるんだよう！」

「へい。ごもっともで……」

長次郎は、懐から金包みを取り出すと喜三郎の前へ置いて、

「ここに五十両ある。これで了見しな。それからこいつは、妹の使い賃だ。ほい、十両。おう、お蓮！　納戸にいるんだろう。出て来いよ」

さらに十両置いて、声をかけた。

すると、納戸の戸がするりと開いて、お蓮が床を這《は》うように出て来た。

弁慶格子の着物に半纏《はんてん》をひっかけ、髪は馬の尻尾《しっぽ》。

いかにも〝悪婆《あくば》〟の風情である。

「これは親分、ご苦労さまでございます。あたしにまでお気づかいをいただきまして相すみませんでございます……」

お蓮は平蜘蛛《ひらぐも》のように這いつくばると、

「兄《あに》さん、どうする気だい？」

喜三郎に問うた。

「どうするもこうするも……。お前はどう思う」

「そりゃあ兄さん、こうなったら、親分の仰る通りにするのが何よりだよ」

「そうだな。仕方がねえなあ……」

喜三郎は親に叱られた子供のように頷いた。

「仕方がねえとは何だこの野郎！」

長次郎はそれをさらに叱りつけた。

「お前みてえな野郎が娘のお蔭《かげ》で大金を手に入れるんだ。ありがてえと思わねえかい」

「兄さん、親分の仰る通りだよ。あんまり欲をかいちゃあいけないよ」

「お蓮、お前の方が好い分別だぜ」

喜三郎は妹に尻を押されて、

「わ、わかりやした。喜んで親分の顔を立てさせていただきます」

五十両の金包みを押し戴いてから懐にしまった。お蓮もこれに倣《なら》って十両をしまう。

「親分、とにかく一杯飲んでいってくださいまし。お蓮、酒をお持ちしねえか」

「馬鹿野郎。酒など飲んでいられるかい。すぐに娘さんを出しやがれ！」

「それもそうでございますねえ。お蓮……」

「はいよ……」

お蓮は慌しく納戸へ入ると、お寿々を連れて出てきた。

縄目は受けておらず、顔に猿轡《さるぐつわ》を嚙《か》まされていた跡も見当らなかった。

「お寿々さんですね。恐くて声も出なかったようだが、もう大丈夫ですぜ。すぐに戻りましょう」

長次郎は、やさしく声をかけた。

お寿々はゆっくりと頷いて、

「お世話さまでございました……」

蚊《か》の鳴くような声で応えた。

振り袖姿のままで、着崩れてもいない。

喜三郎も商品ゆえ、乱暴は働かなかったと見える。

「言っておきやすが、あっしは手をつけちゃあおりませんぜ」

喜三郎は胸を張ったが、

「手をつけていたら殺されるところだったぜ。二度と近付くんじゃあねえぞ。きれいさっぱり思い切るんだ。わかったな……」

長次郎は、立ち上がってきっと睨《にら》みつけると、お寿々の手を引いて土間へ降りた。

お蓮はお寿々の草履《ぞうり》を出してやると、

「喜三さん、未練を残しちゃあいけないよ」

悪戯《いたずら》な目を向けて、

「親分、お気をつけておくんなさいまし……」

と、腰高障子を開いた。

すぐそこには駕籠が垂れをあげて待っている。

新三と太十は草履を受け取り、素早くお寿々を駕籠に乗せると垂れを下ろした。

「喜三、お蓮、お前達こそ気をつけな……」

長次郎は後ろ手に戸を閉め、黙って頷いて彼の成果を称える新三と太十に、ニヤリと頬笑《ほほえ》むと、

「ご苦労だな。こいつはお前らがもらっておけばいいぜ」

二人に一両ずつ手渡して、堺町の〝喜久屋〟へと歩き出した。

三

思案の長次郎は、喜三郎には有無を言わせず、かつ百両の金を六十両に値切り、新三と太十への酒手に渡した二両を除く三十八両を添えて、無事にお寿々を親許へと戻した。

喜久屋富久右衛門が大喜びしたのは言うまでもない。

百両とは別に長次郎にも礼をしなければいけないと思っていたのだから、金に細かい富久右衛門にとってはありがたい。

「親分、せめて十両を……」

と、長次郎に渡そうとしたが、彼はそれを受け取らなかった。

「その金をもらうと、喜三郎の野郎をこの長次郎が許したってことになりますからね

え」

と、言うのだ。

喜三郎がお寿々を攫ったゆえに、自分に金が入ってきたというのも、どうも気持ち悪い――。

長次郎はそういうものの考え方をする男なのだ。

新三と太十はそれを聞いて感じ入った。

「太十よ。これじゃあ、おれ達もあの一両は返した方が好いかもしれねえな」

「だが、そうすると親分に恥をかかすことになるかもしれねえぞ」

などと話し合い、長次郎の厚意はひとまず受けることにして、二人は何かというと思案橋の袂にある長次郎の唐辛子屋で、七味唐辛子を買い求めた。

いつも駕籠に常備して、酒手を弾んでくれた客に、

「こいつは思案橋の親分の店で売っている唐辛子なんですがねえ、滅法うめえんで食べてみておくんなさいまし」

と渡すようにしたのだ。

「おう、新さんと太ァさんよう。お前達、ありがてえことをしてくれているそうじゃあねえか」

長次郎は、新三と太十の気遣いにすぐに気付いて、町で見かけると声をかけたものだ。

新三と太十がその後の喜三郎とお蓮についてそっと訊ねると、

「それがよう、今のところは気持ちが悪いくれえに大人しくしてやがる……」

長次郎は、喜三郎の様子をそっと見ていたが、喜三郎はあれからすぐに清住町の家に新たな化粧品を仕入れ、居付の店にしたという。

お蓮は酌婦から足を洗い、喜三郎が行商に出かけている間は、化粧品屋の顔をして、商いに精を出しているらしい。

今度のことを最後に、兄妹でまっとうな道を歩もうとしているのかもしれない。

長次郎はそのように思い始めているという。

そうであれば、この先はまっとうに稼いだ中から少しずつでも〝喜久屋〟へ金を返させようと長次郎は考えている。

あの兄妹合せて六十両の金は、借りたと思えば罪も消えていくはずだ——。

「そんなわけで、しばらくの間は放っておくつもりさ」

お寿々を助け出してから、まだ十日くらいしかたっていない。

まず一月後はどうなっているのか、それを楽しみにしていると長次郎は言った。

彼にしてみても、喜三郎ばかりに関っていられなかったし、富久右衛門からは、とにかく表沙汰《おもてざた》にしてもらいたくない、波風がたたぬように願いますと釘《くぎ》をさされていたのである。

話を聞いて、新三と太十はほっとした。

自分達もお寿々を無事に連れ帰った安堵《あんど》があったが、長次郎と同じ想いのまま過ごしていたので、長次郎がそのうち様子を見て、金を返すようにと話を切り出すのなら言うことはない。

〝駕籠留〟では、お龍とお鷹がお寿々について、

「あっしは手をつけちゃあおりませんぜ」

喜三郎はそう言っていたと新三と太十から報され、

「本当のところはどうだったんだろうねえ」

「お寿々さんも、満更《まんざら》ではなかったのかもしれないけどね」

などと言い合っていたが、

「うちはただ娘を駕籠に乗せて送り届けたらそれで好いんだよ。余計な詮索《せんさく》はするんじゃあねえや。そういうところからおかしな噂が広がるってもんだ」

ぴしゃりと留五郎に叱られて、確かにそうだと沈黙した。

新三と太十も危い目に遭わずに交渉は無事終ったのだから何よりだと留五郎が喜ぶのを見ると、

「太十、親方の言う通りだな。おれ達がどうこう言えたものじゃあなかったぜ」

「まったくだ。ことが済めば何もかも忘れてくれと言われていたんだからな」

互いにお節介を戒めた。

思案の長次郎が好い男だけに、つい彼に傾倒してしまったようだ。

そうしてまた、それから十日ばかりたった頃には、新三も太十も、

「そんなこともあったかなあ」

というくらいの思い出に変わりつつあったのだが、気持ちがあの一件に残っていたからか、そもそも縁があったのか、二人はお寿々らしき娘を妙なところで見かけることになる。

昼下がりに客を回向院《えこういん》まで乗せた後、裏手の静かな木立の中で一服していると、お寿々らしき娘が木立の向こうから人目を忍ぶように出て来たのである。

「太十、あれはまさか……」

「ああ、新三、あれは質屋の娘だな……」

二人共にそう思うなら間違いはなかろう。

参詣《さんけい》の帰りであろうか。

そうだとするとお寿々は一人であり、どうも様子がおかしい。

お寿々は杉の木陰にいる二人にはまったく気付かずに、回向院の境内の方へと向かって行く。

「ちょいと様子を見てくるとしよう」

新三は太十をその場に残して跡をつけた。

すると、お寿々は境内で若い女中と落ち合った。

女中は境内の掛茶屋で、うまそうに草団子を頬張っていて、お寿々を見ると、

「お嬢様、ありがとうございました……」

にこやかに礼を言って、いそいそとお寿々の供をして、その場から立ち去った。

新三の目からは、お寿々は供の女中に小遣い銭を与え、境内で遊ばせておいて、自
分はどこかへ一人で出かけていたように見えた。

不思議に思って、太十がいる木立に戻ると、太十が興奮に体を震わせていた。

「太十、どうしたんだい?」

新三が問うと、

「それがよう、あれから質屋の娘が出て来たのと同じところから、喜三郎がやって来

たのさ」

太十は声を潜めた。

「何だと……」

新三は太十に目で合図をすると、再び太十をその場に置いて、木立の向こうへ向かった。

そこに何があるのか探りたくなったのだ。

木立の向こうは行き止まりになっていて、ひっそりと家屋が一軒建っている。

「まさか……」

よくよく見てみると、そこは料理茶屋であった。

しかも、男女が密《ひそ》かに逢瀬《おうせ》を楽しむのに使われている出合い茶屋を兼ねたような佇《たたずま》いである。

「いったいどうなっているんだ」

新三はしばし天を仰いだ。

四

「そいつはまた、とんだところに出くわしちまったなあ……」

留五郎が大きく息を吐いて腕組みをした。

その傍《かたわ》らで、お龍とお鷹が頷いた。しかし姉妹はどこか楽しそうだ。

新三と太十は回向院の裏手で見かけたお寿々と喜三郎が気になって、その日は商売どころではなくなった。

すぐに〝駕籠留〟に戻ると、やはりこの事実は留五郎の耳には入れておいた方がよかろうと、見たままを報せたのだ。

「何だって……」

留五郎が驚かぬはずはない。

お龍とお鷹は当然のように話の中に入ってきて、その夜は奥の座敷で五人が集まり、談合の場が設けられた。

〝駕籠留〟としては、お寿々を運び出して店へ届けた時点で仕事は終っている。

ことがことだけに、おかしな詮索はせずに、忘れてしまえばよかった。

だが、このような意外な展開を知ると、放っておけなくなるというものだ。

「お寿々さんは、あれからまた喜三郎に関わって、何か脅かされているのかもしれねえなあ……」

それならまた助けてあげなければなるまい。

留五郎はそのように考えていた。

新三と太十が見た光景から推し量ると、お寿々は喜三郎とその料理茶屋で密会していたとしか思えない。

お寿々は喜三郎から一旦解き放たれたものの、何か弱味を握られていて、密かに呼び出されている——。

考えられなくもない。

新三と太十も留五郎と同じ想いであったが、お龍とお鷹は違うらしい。

それが先ほどからの、どこか楽しそうな表情に表れていたのだ。

「これは放っておいた方が好いかもしれないよ……」

お龍が含み笑いをした。

「どういうことだ？」

留五郎が首を傾げると、

「お寿々さんが怪しいってことですよ」

お鷹もニヤリと笑った。

姉妹は、そもそも喜三郎とお寿々の出会いは、お蓮の悪巧みから生まれたものかも

しれないが、

「会ってみれば、満更でもなかったんじゃあないですかねえ」

と、言うのだ。

「てことは何かい？　娘は閉じ込められていたんじゃあなかったってことかい」

「喜三郎が、家から金を脅しとろうとしたのに、平気でいたと……？」

これには新三と太十も、ぽかんとした顔をしたが、

「喜三郎っていうのは、なかなか好い男振りだっていうじゃあありませんか」

「ふふふ、それとよろしく遊んで、頭にくる父親を困らせてやれば、これほどのことはないと思ったのかも……」

お龍とお鷹は初めからそんな気がしていたらしい。

「お父っさんは聞き及んでいないのかい？」

「あの〝喜久屋〟の旦那は、ろくな奴じゃないってさ」

「まあ、そう言われてみれば……」

留五郎は、煙管《キセル》に煙草《たばこ》を詰めながら思い入れをした。

質店〝喜久屋〟の主・富久右衛門は、外面は悪くないが、その陰ではなかなか阿漕《あこぎ》な金貸しをしているという。

お寿々の母・お浪《なみ》も、その美しさゆえに富久右衛門に見初められ、生家の商店が抱えていた借財の形《かた》に取られたような成り行きで〝喜久屋〟に嫁《か》したらしい。

その挙句《あげく》に生家は富久右衛門に乗っ取られ叩き売られたという。

お浪は娘のお寿々をよすがに生きたが、娘の成長を待たずに、お寿々が十二の時に亡くなった。

女房にしてからは、これといってお浪を大事にしたこともなく、家の外には芸者に生ませた息子がいて、母子で料理屋をさせているという噂も立っている。

それならばいっそ、お寿々をどこかへ嫁がせて、その息子に跡を継がせれば、お寿々とてせいせいするものだ。

しかし、富久右衛門はあくまでもお寿々に養子をとって店を継がそうとした。

それというのも、蔵前の札差《ふださし》の次男坊が、縹緻のよいお寿々を見初めたからだ。

次男坊はかなりの放蕩《ほうとう》息子だというが、それだけに札差の親も、店構えの大きな〝喜久屋〟の跡取りとなれば厄介払いが出来る。

それに、富久右衛門は金儲けにかけてはなかなかに遣り手で通っているから、札差にとっても心強い味方となろう。

富久右衛門にすれば、蔵前との付合いが生まれるのは願ってもない。

そして何よりも、次男坊が望んだ縁談であるから、それなりの持参金が期待出来る。

そういう内情を抱えていたゆえに、お寿々が喜三郎に攫われてしまったと知った時は、大いに慌てたのだ。

それでも、訪ねて来たお蓮に十両で話をつけさせようとしたのだから、真にけちな話である。

お寿々はそのこともお蓮の口から聞いたはずだ。

自分を慈んでくれた母・お浪は、富久右衛門に心労を負わされ早世したようなものだ。

お寿々は気性の激しいところがあり、きっと父親を恨んでいるのに違いない。

札差との縁談を潰し、富久右衛門を困らせてやろうとしたのが、今度の騒ぎの発端ではなかったのか――。

お龍とお鷹はそのように見ていたのであった。

「う～む。お前達は、人様の家のことに詳しいなあ……」

留五郎は感嘆した。

「いえ、前からあの質屋の親父はいけすかない奴だと思っていたから、お鷹と二人であれこれ様子を窺っていたところなのさ」

「そうなんですよ。だから、今度の話が出た時は、やっぱりお寿々さんがやらかしたのかと思ったんですよ」

姉妹は、お寿々がただただだか弱い娘で、喜三郎の家に無理矢理連れ込まれたのではなかろう――。

初めからそんな想いがしていたと言う。

新三と太十も、これには舌を巻いた。

そういえば、二人がお寿々を迎えに行った時。

納戸の内に囚われの身となっていると思われたお寿々は、縄目を受けているわけでもなく、猿轡をかまされて声が出ないようにされていた痕跡《こんせき》もなかった。

喜三郎、お蓮と密かにつるむうちに、

「うちのお父っさんから、ちょいとばかりふんだくってやればどうだい？」

などとお寿々の方から持ちかけたのかもしれない。

そうだとしたら、とんでもない娘である。

金を吐き出させた上で、喜三郎とはその後もつるんでいることになる。

思案の長次郎も、その辺りのお寿々の複雑な事情を知っていたので、思いの外あっさりと富久右衛門から金を預かり、間に立ってやったのであろう。

自分が出張る方が穏便に収まるはずだ。そして値切ることで、

「親の百両をありがたく思いな」

という戒を娘に与え、喜三郎、お蓮などとはこの後つるんではいけないと釘をさしたのではなかったか。

「いやいや、龍さん、鷹さん……」

「こいつはお見それいたしやした……」

新三と太十は、姉妹に畏《かしこ》まってみせたが、

「だが喜三郎が、無理矢理に娘を連れ出しているわけではないとしても、こいつはこのまま放っておけませんよ」

新三は、そのうちに何か大変なことが起こるのではないかと、留五郎を見た。

「ああ、新さんの言う通りだな。ここは折を見て、思案橋の親分に耳打ちしておくとしよう。だが、それだけでいいだろう……」

お寿々がそういう気であるならば、彼女に気の毒なところがあるにしても、これは〝喜久屋〟の方で収めるべき話だと、留五郎はあくまでも関わりを避けるつもりであった。

新三と太十、お龍とお鷹もその考え方が正しいと思っていた。

「それにしても、あんなことがあった後だというのに、娘に目を抜かれているとは、〝喜久屋〟の旦那も様《ざま》アねえなあ」

留五郎は、人の娘のことを嘆きつつ、

――浮いた話がまるで出てこねえ、うちの娘も考えものだがなあ。

しばし、お龍とお鷹の顔を眺めていたのである。

五

「喜三さん……。わたしをいつ江戸から連れ出してくれるんだい？」

喜三郎の肩に頬を載せて、お寿々はうっとりとした表情で言った。

二人の前には、膳《ぜん》に載せられた酒肴《しゆこう》があったが、まだほとんど手がつけられていなかった。

お寿々は束の間《つかま》の逢瀬を、酒食でごまかされたくはなかった。

「お寿々、そう焦るんじゃあねえよ。お前の家から五十両をふんだくったんだ。おれがすぐに江戸から離れると、それを怪しむ奴がいて、どうなるかわかったもんじゃあねえだろ」

喜三郎は、先ほどから宥《なだ》め役に徹している。

果してお寿々は、父親の富久右衛門に叛旗《はんき》を翻《ひるがえ》して、このところは逆ってばかりいた。

「どうせわたしは、婿をとって店を継ぐんだから、それまでの間は好きにさせてくださいな」

子供の頃は何も言えなかった父であるが、お寿々は自分が美しい娘として育ったと気付き始めてから、そのような態度を見せるようになった。

父・富久右衛門は、明らかに自分を見初める男達を値踏みしている。

娘の婚儀を慶事としてではなく、金儲けのひとつとして捉えているのだ。

「お父っさんの言う通りにするつもりだから、少々の遊びには目を瞑《つぶ》ってもらいたい」

お寿々は割り切った考えを富久右衛門にぶつけるようになったのだ。

母親を早くに亡くし、その辛い想いを成長するにつれ、父親への反発で慰めてきたお寿々に、富久右衛門は戸惑い、つい甘やかすようになっていた。

若い時なら、折檻《せっかん》してでも恐怖で娘を縛りつけたかもしれなかった。

だが、富久右衛門は金儲けに若き日の情熱を注ぎ、初めに得た妻とは子を生さぬまま死別した。

後妻に迎えたお浪がお寿々を生んだのは、富久右衛門が三十五歳の時であった。歳をとってから得た娘であるから甘やかすのも無理はないと世間は見たが、富久右衛門はただ商売に夢中で娘に興味がなかったと言える。

子供への情というなら、お寿々が生まれた翌年に妾が生んだ息子の方がかわいかったようだ。

息子は富久右衛門に似ていたし、庶子という不憫《ふびん》もあったのであろう。

それならば、お浪が死ねば息子を質屋へ迎え入れ、厄介者の娘は嫁にやってしまえばよかったが、この父はそうしなかった。

稼いだ金で、妾と子供が楽に暮らしていけるだけの料理屋を出させ、時にそこで過ごす一時を安らぎとした。

富久右衛門にとって〝喜久屋〟は真剣勝負の場であって、慈悲も情けも要らぬところであったのだ。

自分に懐かぬ娘はそのかわり、あらゆる金づるを引き寄せてくれる縹緻を備えていた。

それならばひとつの武器と捉え、少々甘やかそうが宥めすかして、己が財産のひとつにしてしまおうと考えた。

そこに父と子の情などない。

お寿々は気が強く、聡明な娘だけにそのような父の感情をよく理解していた。

頼みの母は既にこの世にない。

父親を困らせて勝手気儘《きまま》な暮らしをすることで、孤独と悲哀を紛らせんとした。

富久右衛門はこれに対して、どこまでも娘に甘い父を演じたとお寿々は見破っていた。

自分は父にとって大事な道具なのだ。

傷ついたり壊れたり、ましてや若い娘ゆえの気うつで死んでしまったりしては、元も子もないのだ。

それゆえ、お寿々は日頃から発作的に橋の上から身を投げる素振《そぶ》りをしたり、剃《そり》で喉《のど》をかき切るのではないかというような情緒の乱れを演じてみせた。

そして、いつかこの店から消えてやろうと密かに企《たくら》んでいたのである。

それが母を早世させた富久右衛門への何よりの仕返しになると考えていた。

そう思ううちに、常磐津の稽古場でお蓮という女と知り合った。

〝悪婆〟〝毒婦〟と陰口を叩かれている酌婦であるが、思うがままに生きているこの女には心惹かれるものがあった。

やがて、巧みに親の目を抜いて、お蓮とつるむようになったお寿々は、お蓮の兄・喜三郎と知り合う。

化粧品屋でほどがよく、この男もまた〝色事師〟などと揶揄されているが、話していると楽しくなり、少しやくざな風情が箱入り娘の自分には刺激を与えてくれる。

身内の恥になることは、それまで他人に話したり出来なかったが、喜三郎にはどんな話でも聞いてもらえた。

喜三郎は、何不自由なく暮らしていると思っていたお寿々が、心に大きな闇《やみ》を抱えていることに驚き、同情が愛しさに変わっていったらしい。

「おれは色事師とか言われているが、親に逸れて食うや食わずの暮らしを送ってきて……、やっと覚えた身過ぎが、銭のある女に取り入ることだったのさ」

喜三郎は、妹のお蓮を食わせていくためには、どんな恥も堪《こら》えて暮らさねばならなかったのだと、柄にもなくお寿々に己が身の上を語った上で、

「だがお前は今まで会ったどの女とも違う。話を聞けば聞くほど守ってやりたくなる。それが何だか好い心地だ。心底女に惚れるってことは、こういうことなんだなあ

……」

つくづくとお寿々への想いを伝えたのである。

といったとて、喜三郎がお寿々と一緒になれるはずはない。

「そんなら、わたしをどこか遠くへ連れて逃げておくれ」

恋に燃えあがるお寿々は、喜三郎に駆け落ちを迫った。

「兄さん、それが好いよ。物持ちの箱入り娘が、そこまで兄さんを慕ってくれているんだよ。冥利《みょうり》に尽きるじゃあないか」

妹のお蓮はこれを後押しした。

幼い時は喜三郎の世話になって飢えをしのいだ妹である。

彼女が〝毒婦〟と言われているのも、生きていくがための方便であった。

兄を思う心は人一倍強いようだ。

「そうだな。どうせ江戸にいたって、人からは嫌われるばかりだからな……」

喜三郎は、お寿々を連れて逃げてやると誓いを立てた。

「嬉《うれ》しいよ、喜三さん……」

お寿々は気持ちが昂《たか》ぶったが、ただ闇雲に手に手を取って逃げたとて、先は何も見えない。

衛門である。

「先立つものがいるな……」

「それはわたしが何とかするよ」

お寿々は、そっと店の金を持ち出してやろうと思ったが、そこは金の亡者の富久右衛門である。

金の取り扱いには抜かりがなく、時折もらう小遣い銭の他は、一文たりとも手をつけることが出来なかった。

富久右衛門は、あまり娘の身を縛りつけて、お寿々が思い詰めてもいけないと、女中を付けての外出は大目に見ていた。

しかし、大人になるにつれて親に反発するお寿々に大金を持たせるとろくなことがないと思っていたのだ。

そこで喜三郎と思いついたのが、件《くだん》の強請《ゆす》りであった。

喜三郎が、お寿々に執心して家に連れ帰り閉じ込める。

別れるくらいならお寿々と一緒に死んでやるなどと言い立てれば、富久右衛門も金を出すであろう。

お寿々は初めから喜三郎の懐の内にいるのだから、いかようにでも拐かせる。

お寿々にその気はなかったのに、無理矢理連れていかれて、酷《ひど》い目に遭ったとなれば、その後喜三郎と密会しているとは、周囲の者は夢にも思わぬであろう。

また、お寿々も富久右衛門に対して、

「お父っさん、わたしがいけませんでした。この後は心を入れ替えますから、どうぞ許してください」

などと殊勝な態度を見せていれば、富久右衛門も油断をするはずだ。

折を見はからって喜三郎と逃げるには、ちょうどよい。

喜三郎も、その片棒を担ぐお蓮にとっても、これは大きな賭《か》けではある。

富久右衛門が逆上すれば、刺客を差し向けかねない。

だが、百両くらいなら富久右衛門も出すだろう。

喜三郎がよいところで折り合いをつければ、あっさりと交渉はすむ――。

その結果。思案の長次郎が出張ってきて、言葉巧みに値切られたのは痛かったが、

「思案橋の親分も、思いの外話のわかるお人だったぜ」

と、喜三郎が胸を撫《な》で下ろすほどに、長次郎はあっさりと話をつけてくれた。

長次郎が間に入ったとなれば、ひとまずお上からお縄を受ける心配はなかろう。

喜三郎に五十両、お蓮に十両は悪くもない額だ。

喜三郎と駆け落ちするには十分な金だし、どこかでお蓮と落ち合うにしても、合せ

て六十両あれば何とか道は開けていこう。

後は、江戸をいつ出て行くかとなった。

喜三郎は長次郎の手前、妹とまっとうに暮らしている姿勢を見せつつ段取りを固めている。

それでも、お寿々とて不安になる。

この日のように喜三郎との逢瀬を楽しみ、気持ちの昂ぶりを抑えずにはいられなくなる。

幸い富久右衛門は、まさかお寿々が喜三郎と逃げる機会を窺っているとは思いもかけぬ様子で、稽古事などの外出を締めつけはしなかった。

しっかり者で通っている女中のお竹《たけ》を付けておけば何とかなるだろうと考えていたし、出先から帰ってくるお寿々は、あの一件を境にしとやかになっていると安心していた。

お寿々は女中のお竹をうまく自分の下部《しもべ》にしていて、自分が喜三郎と密会する間は、たっぷりと小遣いを与えて遊ばせていた。

お竹はしっかり者といってもまだ齢《よわい》十五である。

甘い物には目がなく、団子や饅頭《まんじゅう》、汁粉など、お寿々に勧められるがままに食べ、ものの見事に飼い慣らされていた。

お寿々の哀れな境遇を本人に語られて、

「何とかしてお嬢さまのお役に立ちとうございます」

魔法にかかったかのように誓いを立てていたのだ。

お寿々は、そうして己が恋路を歩み続けて、喜三郎と添い遂げる自分を疑わなかった。

やくざな男ではあるが、いつか自分の力で、男気に溢れた一端《いっぱし》の男にしてみせるつもりでいた。

「喜三さん、わたしを騙したり捨てたりしたら、殺してやるからね」

回向院裏のこの料理茶屋は、お寿々の通う生け花の師匠の家にほど近く、二人の逢い引きには都合がよかった。

しかし、こんな場所を知っていた喜三郎が、お寿々は少しばかり憎くなっていた。

恋うる想いに憎しみが入り交じる――。

それが大人の恋というものだろうか。

「おい、お寿々、何を言うんだよう。おれはお前と添い遂げたくて命を賭けたんだぜ。もう少しの辛抱だ。それまでは誰にも気付かれねえようにしねえとな」

喜三郎はやさしくお寿々の体を抱き締めてやったが、

「わたしは何だか、不安で仕方がないんだよ……」

お寿々は喜三郎に抱かれるほどに、胸が締めつけられてくる。

それは小娘から一人の女へと変わったゆえの心と体の震えであろうか。

お寿々の女としての感性は確実に研ぎすまされていた。

だが、一途な女の想いは、周りのものが何も見えなくなるというきらいがある。

喜三郎の言う辛抱が出来ぬお寿々の行動は、真に危なかしいものであった。

本人が好んでの密会ゆえ、誰が何と言おうと開き直るだけの性根はあるが、これでは恋の成就は思いやられる。

既に、新三と太十に気付かれているとは知る由もないお寿々は、まったく正気を失っていた。

六

質屋の娘のことになど関ってはいられないと、〝駕籠留〟の親方・留五郎は、お寿々と喜三郎については傍観を決め込んでいた。

お寿々が無理矢理に拐かされてはいなかったとなれば、彼女を気の毒がる必要もなかろう。

お龍とお鷹の話では、〝喜久屋〟の主・富久右衛門も、娘に裏切られたとて仕方がないだけの仕打ちを重ねてきたとんでもない男である。こちらを気の毒に思ってやる必要もないのだ。

それでも、間に立ってことを運んだ御用聞きの長次郎にだけは、事実を伝えておいた。

そのうちに富久右衛門がこのからくりを知れば、そこから血なまぐさいことが起きないとも限らないと思ったからだ。

長次郎にこれを話すと、彼はきっと、

「喜三郎の野郎、なめた真似をしやがって」

と怒るであろう。

それはそれで心配であったのだが、意外や長次郎は、

「なるほど、こいつはまた、質屋の娘にいっぺえくわされやしたぜ」

からからと笑いとばした。

長次郎にしてみれば、富久右衛門から、

「百両で話をつけて、娘を連れ帰ってくださいませ……」

そのように頼まれたのである。

娘は連れて帰ったし、百両を六十二両使っただけで話もつけた。

「何ひとつ、〝喜久屋〟へ不義理はしちゃあおりやせん」

父娘のいがみ合いは勝手にすればよいと、長次郎もまた留五郎と同じ想いであると言ったのである。

お龍とお鷹以上に、長次郎は喜久屋富久右衛門についてよく知っていた。

それゆえ、富久右衛門が金でお寿々を救い出すことに反対しなかった。

お寿々がおかしな男の家に囚われの身になったのも、多分に富久右衛門に原因があるはずだと思っていたからだ。

しかし、お寿々がそもそも喜三郎とぐるになって父親から金をかすめ取ろうと考えていたとすれば、思った以上に〝喜久屋〟には深い事情があるのかもしれない。

長次郎は、留五郎から新三と太十が見た事実を報されると、富久右衛門がお寿々の母・お浪と、いかにして夫婦となったかさらに調べたくなってきた。

「何かわかったら親方にはお報せいたしやしょう」

彼は留五郎にそのように言い置くと、すぐに調べにかかった。

留五郎は、余計なことを知ると面倒が降りかかるのではないかと、長次郎からの報せなどいらないと思ったが、お龍、お鷹、そして何事も起こらねばよいと願う新三と太十は、それを知りたがった。

それで留五郎としても、長次郎に伝えた手前、自分も〝喜久屋〟のことを知っておいて損はなかろうと、その二日後に思案橋の長次郎の家へ出向いた。

すると長次郎は、既に調べを終えていて、富久右衛門に憎しみを持つお寿々の想いが、新たにわかってきたと留五郎に告げたのだ。

「もしかすると、富久右衛門はお寿々の本当の父親ではないかもしれませんぜ」

「何と、左様で……」

留五郎は、思いもかけなかった話に、長次郎の顔をまじまじと見た。

お寿々の母・お浪は、亀沢町《かめざわちょう》の紙問屋の娘であった。

そこが左前になったのを知った富久右衛門は、親切ごかしに近付き、助けるふりをして店を己がものにしてしまうのだが、お浪は富久右衛門の後妻に入る前は、その紙問屋の手代と恋仲であったらしい。

その手代は、お浪を失い、奉公していた店も富久右衛門に取られてしまったことで世をはかなみ、失意の内に酒に溺《おぼ》れて死んでしまったという。

手代は幸助《こうすけ》と言ったが、その妹は芝《しば》の青物屋の女房となって健在であるらしい。

長次郎は早速、その妹に会いに芝へと出向き、幸助の無念について訊ねんとしたのだが、その妹を一目見て驚き、すべてを察した。

お寿々にそっくりなのだ。

つまり、お浪は手代であった幸助と情を通じていたと思われる。

妹の話では、お浪の生家の紙問屋には男子がなく、お浪が幸助を婿に迎えて店を継ぐ話になっていたという。

幸助は紙問屋の縁者にあたり、眉目秀麗《びもくしゅうれい》にして才智に富んだ若者であった。

お浪が身売りするような形で、富久右衛門に嫁いだ時、既にお浪の体内には幸助の子が宿っていたのに違いない。

長次郎は、それで〝喜久屋〟父娘の複雑な事情がわかったのである。

富久右衛門もお寿々も、互いに自分達が本当の父娘でないことに気付いているのに違いない。

お寿々は、二親は富久右衛門に殺されたのも同じだと、養父を深く憎んだ。

富久右衛門もまた、お寿々が自分の娘でないと気付いたゆえに、お浪に辛くあたり、妾宅《しょうたく》での暮らしに安らぎを覚えたのであろう。

しかし、お浪を後妻に据えたのは自分であったたし、表向きには美しいお浪を内儀として、店の発展に尽くさせた。

そうして、娘のお寿々がお浪以上に美しくなるのを認め、どこまでも自分の商売と金儲けに利用してやろうと考えたのであろう。

長次郎は、お寿々が父親に反発するのは、亡母のお浪のことがあると思ってはいたが、実の父親でないとまでは知らなかった。

それゆえ、真実に触れると、お寿々が哀れに思えてきた。

お蓮のような女と付合うことで親に逆い、いつしか喜三郎に恋をしてしまったのも、考え方の根本に、

「自分など、どうなってしまってもよいのだ。それで、あの金の亡者を思い知らせてやれるのならこれほどのことはない」

そんな捨て鉢《ばち》な想いがあったのに違いなかろう。

留五郎もそれを聞くと、何やら切なくなってきた。

「親分、いずれにせよ、喜三郎とのことを知っているのは、新三と太十の他は、あっしと娘だけでさあ。駕籠舁きの二人は頼りになる男ですから、何かお手伝いできることがあったら、声をかけてくだせえ」

ひとまずそのように告げた。

「そいつはありがてえ。親方、確かに新三と太十の二人は頼りになりますねえ」

長次郎はにこやかに留五郎を見返すと、

「このことを〝喜久屋〟の主に伝えるつもりはねえが。まだちょいとばかり気にかかることがあるので、こいつを探ってみてから、また親方には報せにあがりましょうよ。そん時に、二人の力を借りるかもしれねえんでね……」

少し思わせぶりに言った。

七

「ヤッサ」

「コリャサ」

掛け声よろしく、新三と太十の四つ手駕籠は町を行く。

しかしどうも、いつもの軽快な動きと爽やかな声は湿りがちであった。

親方の留五郎からは、

「質屋の娘は、やはり喜三郎に脅されているわけじゃあねえようだぜ」

と、長次郎の調べを元に、あれこれ事情を聞いた。

その辺りはお龍とお鷹の見方が正しかったと、

「太十、女ってえのは大した生き物だな」

「ああ、おれ達にとっちゃあ猛獣だ」

二人で舌を巻いていたのだが、お寿々が辛い目に遭っていないのならそれでよい。

後にどのような痛みを伴おうが、人の恋路は放っておけばよいものだ。

〝喜久屋〟の主人の正体を覗き見れば、お寿々の気持ちもよくわかるのであるが、

「何やら嫌な話だな」

「まったくだ」

実の父娘でない富久右衛門とお寿々が、父娘の形を取りつつ、互いに心を許さずにいる。

父は娘を商品として捉え、商品に傷がつかぬように冷めた目で見ている。

娘はそういう父を、実の二親の仇《かたき》だと捉え、箱入り娘でいることをありがたがる素振りを見せつつ、その裏では父を欺き金を巻きあげている。

何と悲惨な話であろうと、新三と太十は気持ちが塞《ふさ》いでくるのだ。

あの日、喜三郎の家の前に駕籠をつけ、二人はそっと成り行きを見守った。

思案の長次郎と、喜三郎、お蓮兄妹との軽妙なやり取り。

長次郎が見事に兄妹をやり込め、納戸からお寿々が出て来た時は、真に痛快であった。

そして、お寿々はしおらしく、

「お世話さまでございました……」

蚊の鳴くような声で長次郎に礼を言って、二人の駕籠に乗り込んだ。

堺町の〝喜久屋〟に送り届けると、

「お父っさん、申し訳ございませんでした。この先はおかしな者と交じわらぬよう、気をつけますので、どうぞお許しください」

お寿々は駕籠を降りるや、主の富久右衛門に詫《わ》びていた。

富久右衛門も、

「いやいや、お前が無事でよかった。ああいう手合は、見た目には珍しく映るが、金のことしか頭にないろくでもない奴らだ。今のその気持ちを忘れずにいておくれ」

やさしくお寿々に声をかけていた。

新三と太十も、やれやれと思ったし、若い頃には色々なことも起こるであろうと、どこかほのぼのとした想いで見たものだ。

だが、あれは娘の復讐《ふくしゅう》のための演技で、〝金のことしか頭にない〟のは、父親の方であったわけだ。

それを思うと二人はますますやり切れぬ気持ちになる。

いつものように駕籠を舁いていても、つい気が散ってしまうのであった。

おれ達は駕籠屋だ。

言われた通りに動いて客を乗せていればよいのだ。

時には客の秘事に関わるが、耳を塞ぎ、知らぬふりをしているに限る。

それは日頃からの自分達の職に対する戒めである。

しかし、貧しい百姓の子に生まれ、物心ついた頃には二親に逸れていた新三と太十は、色んな人の情けを受けてここまできた。

人の難儀や悲哀には、つい激しく反応してしまうのだ。

そして、思案の長次郎が自分達を、頼りになる二人だと評し、さらに気にかかることを調べている。その上で、

「……二人の力を借りるかもしれねえんでね……」

などと留五郎に話していたとなれば尚《なお》さら気にかかる。

喜三郎は、お寿々が胸に抱えているやりきれなさに触れるうちに、自分の今までの

生き方に空《むな》しさを覚え、お寿々との恋に命を賭けようと思った――。

話を聞けばそんなところであろうが、お寿々によって喜三郎が本当に改心したと言えるのであろうか。

確かに喜久屋富久右衛門は、嫌な男である。

こ奴から少々巻き上げてやって、その金で二人して新たな暮らしを過ごそうという気持ちはわからぬではない。

お寿々の母・お浪の生家は富久右衛門によって乗っ取られ、売りとばされたのなら、その金を少しでも取り戻してやりたい。その想いも頷ける。

だが、いくらお寿々の気の毒な境遇を取りあげてみたとて、人を欺き金を奪い取ったことには変わりない。

お寿々を不憫に思い、それが恋心と変わり、何とかしてやりたいと思うなら、

「これからおれは心を入れ替えて、お前のために死ぬ気になって働いて見せる。苦労をかけるが、立派に添いとげようじゃあねえか」

何故《なぜ》、喜三郎はそう言わないのだ。

お寿々は恋に何も見えなくなって、憎い父親が何よりも大事にしている金をふんだくってやることしか考えていない。

「そんな汚ねえ金なんぞ、ふんだくったってお前の幸せにはならねえよ」

喜三郎が男なら、どうしてこんな台詞《せりふ》が出てこないのか。

世間知らずのお寿々の目を覚まさせてやらないのか。

新三と太十はそこが気になるのである。

それから考えても、お寿々が喜三郎と密かに通じているのを、

「富久右衛門め、いい気味だ」

と、手放しでは喜べぬのだ。

喜三郎は富久右衛門からふんだくった金で、拐かしの一件のほとぼりが冷めた頃を見はからい、お寿々とどこかへ消えてしまおうと企んでいるのであろう。

だが、その先に未来があるとは思えない。

とどのつまりは、楽をして大金を摑もうと考える喜三郎に、金の切れ目が縁の切れ目と捨てられてしまうのではないか。

捨てられるだけならよいが、縹緻のよいお寿々であるから、どこかへ売りとばしてしまうかもしれない。

落ち着かぬ二人は、どちらが言い出したでもなく、

「親分のところで、唐辛子を買うか……」

と、話がまとまり、空駕籠を担いで思案橋へ向かった。

駕籠には垂れを下ろしておいて、

「ヤッサ」

「コリャサ」

と、客を乗せている風情で駆けたのである。

先日買い込んだ七味唐辛子の入った小袋はまだまだ残っているのだが、行けば親分の長次郎がいるかもしれない。

いなくとも、長次郎の女房は既に二人と顔馴染であるから、長次郎の動きなどが少しでもわかれば気が安まる。

いそいそと店を訪ねてみれば、思案橋の手前で、

「よう、新さんと太ァさんじゃあねえか……」

長次郎に声をかけられた。

「親分……。こいつは妙でございますねえ。何とはなしに、会えるんじゃねえかと、思っておりやした」

新三が照れ笑いを浮かべた。

「実はおれもそんな気がしていたよ。妙でもねえさ。会えりゃあいいなと思っている

とばったり会うのは、よくある話だ。まさか唐辛子を買いに来たとか？」

「へい、まあ……」

「そんなに買ってどうするんだよ。唐辛子はいいから、ちょいと付合ってくんな」

長次郎は、これから行くところがあって、家を出たところだと言う。

「へい、どこへでもお供いたしやしょう」

新三は、長次郎の行く先に興味津々であった。

「親分、せっかくですから駕籠にどうぞ」

太十が勧めると、長次郎はにこやかに頷いて、

「そうさな。酒手はそれほど弾めねえが、そうさせてもらおう。朝から方々歩いてくたくただ」

「親分から銭はいただけませんよ」

新三が首を振ると、

「いやいや、七味唐辛子を買ってくれたから、これはこれだ。だが、乗せてもらう前にちょいと話しておきてえことがあってな……」

長次郎は真剣な表情となって、駕籠を道の端へ寄せさせると声を潜めた。

八

「喜三郎とお寿々が、その実惚れ合っているならそれで好いんだがよう。それならそれで気にかかることがあって、そいつをさらに調べてみたんだ」

「へい……」

新三は太十と並んで、神妙な面持ちで長次郎の話を聞いた。

「この前、お寿々を引き取りに行った時に、納戸から出て来た妹のお蓮を見ていてふっと気になったんだが、おれはどうもあの女が喜三の妹とは思えなくてなあ」

あの時、お蓮は喜三郎のことを、

「兄《あに》さん……」

と、何度も呼んでいた。

それが、お寿々を引き渡す時に、

「喜三さん、未練を残しちゃあいけないよ」

と、言ってからかうような目を向けた。

だが、長次郎はその目に、女の意地悪さと妖《あや》しさを見た。

苦労を共にした兄妹ゆえの、兄を夢中にさせた女へのやっかみ――。

その時は、悪い兄妹にもそんな情があるものかと思ったのだが、よくよく考えてみると、お蓮は何者であったのかと気になってきた。

化粧品屋の喜三郎については、以前からも目をつけていた。

やさしげな表情と口の上手さで女に取り入り、巧みに金を巻きあげる。

火遊びに出費は付き物だ。

役者買いをするのと同じように女達が思っているなら罪はない。

喜三郎が女を騙して叩き売ったという噂も立っていない。

ただ、やさ男の顔を持ちつつ、喜三郎はなかなかに気が荒く、何度となく喧嘩《けんか》沙汰を起こしている。

一旦、怒り出すと歯止めが利かなくなり、とことん相手を痛めつける残忍な性格を持っているのだ。

それゆえ、いつか何かしでかすのではないかと見ていた。

博奕好きでもあり、化粧品屋といってもやくざ者の部類に入る男でもあった。

「おう、喜三、お前、虫も殺さねえような顔をして、なかなかの顔役だそうじゃねえか」

長次郎は顔を見かけると、そんな声をかけていたのだ。

そしてついに、〝喜久屋〟の娘と色恋沙汰の上に、富久右衛門を強請った。

富久右衛門が穏便にすまさんとして、長次郎がさらりと捌《さば》いたので、この一件を知る者はほとんどいないが、長次郎はその後も、喜三郎について調べていた。

浅草《あさくさ》の博奕打ちの息子に生まれ、この父親がどうしようもない酒乱であったので、母親は喜三郎と、まだ生まれたばかりの妹を連れて、今戸《いまど》の窯場《かまば》で働く叔父《おじ》の家に身を寄せたがほどなくして病に倒れ空しくなった。

その頃には博奕打ちの父親も酒毒に冒されて死んでいた。

喜三郎は窯場を手伝ったりしていたが、十四の時に家を出て、酒場の手伝いをしたりやくざ者の使いっ走りなどするうちに、小料理屋を一人で営んでいた後家の下で奉公をした。

奉公というより、後家の愛玩《あいがん》に飼われたというところか。

そしてこの後家がぽっくりと逝ったのが十七の時で、それから化粧品の行商を始め、方々の年増女、後家、囲われ者の女の間を渡り歩いたのである。

妹のお蓮もまた、叔父の家に居辛くなったのか、喜三郎を頼って盛り場に暮らすようになったという。

しかし、兄妹がつるみ始めたのは、この三年ほどのことで、それまでお蓮がどういう暮らしを送ってきたかは定かでなかった。

喜三郎が口を利いてやった深川の酒場で女中をするうちに、処のやくざ者の情婦として暮らしていたともいうし、矢場で矢取り女をしていたともいう。

喜三郎とお蓮の昔話などとるに足らぬことだ。わざわざ調べる者もいない。

いつしか喜三郎という色事師には、とんでもない毒婦の妹がいるというのが定説となった感がある。

それを長次郎は、わざわざ調べたのである。

今戸の窯場を訪ねると、喜三郎の叔父も既にこの世になく、仲間であった連中に問うと、喜三郎については覚えていたが、妹については記憶も曖昧で、

「そういえばいたような……」

「小さい頃にどこかへもらわれていったのではなかったか」

などとよくわからなかったのだが、何人かの意見をまとめると、まだ幼ない頃に流行《はや》り病で死んでしまったようだ。

「て、ことは、親分……」

新三はぽかんとした表情で長次郎を見た。

た。

「ありゃあ、喜三郎の女だぜ……」

長次郎の調べでは、お寿々が回向院へ生け花の稽古に出かけるのは今日となってい
た。

となれば、お寿々は今日また喜三郎と密会しているかもしれない。

惚れ合っているなら見守ってやればよいと思ったが、そうなると話が違う。

件の料理茶屋へ乗り込んで、お寿々は新三と太十が一旦、〝喜久屋〟へ連れ帰り、

「おれは、喜三郎を取っ捕まえて問い詰めてやるつもりだ」

長次郎は言葉に力を込めたのである。

新三と太十は、胸の内でうずいていたやり切れぬ気持ちが現実のものとなって現れたような気がした。

「そんなら親分、こうはしちゃあおれませんや。まず駕籠へどうぞ」

珍しく太十が興奮気味に、長次郎を駕籠へと導くと、二人は勇んで駕籠を走らせた。

まず回向院へと駕籠をつけ、境内を見廻すと、〝喜久屋〟の女中・お竹が掛茶屋で、その店の名物の草団子を食べているのが見えた。

長次郎は、新三と太十に目配せをすると、女中に近付き厳しい目を向けた。

お竹は、御用聞きのいきなりの登場に、団子を喉に詰めそうになって驚いたが、長次郎は一転してにこやかな表情となり、

「お前の身に難儀は降りかからねえようにしてやるから正直に応えておくれ。今、お嬢さんはお前をここで待たせて、一人で出かけちまったんだな」

お竹は、やはり見つかってしまったかと、観念したように頷いた。

「稽古には行ったのかい？」

「はい。ほんの少しだけ顔を出しました」

「その後はどけえ行った」

「それは……」

お竹は黙ってしまった。

女中は女中なりに、義をもってお寿々に仕えているのであろう。

「〝喜久屋〟の娘の命にも関わることだから訊いているのさ。悪いようにはしねえ、おれを信じてくれ」

長次郎はたたみかけた。

お竹は堪らずに、

「詳しいことは聞いていないのです……。でも、恐らく裏手の木立の向こうの料理茶

屋かと」

おどおどした声で応えた。

喜三郎と密会しているとまでは、聞かされていないのかもしれない。いや、恐らくそうなのだろう。

その料理茶屋なら、新三と太十から聞いてわかっている。

「そうかい。そうじゃあねえかとは思っていたが、確かめておきたかったのさ」

「もしかしたら……」

お竹はさらにおどおどとした。

「もう、出てしまったかも知れません」

「どういうことだ?」

「今日は少し遅くなるかもしれないから、何とかして繋いでくれるように……、お嬢様はそのように……」

「そんなら料理茶屋で落ち合って、それからどこかへ行くってえのかい」

「そうではないかと……」

「どこへ行くとは聞いてねえか」

「それは……」

固く口止めされているのであろう。お竹は言い淀《よど》んだが、

「お嬢さんの身におかしなことが起きてもいいのかい」

「まさか……」

「そのまさかを案じているんだよ。早く言わねえか」

長次郎は、懐に呑《の》んでいた自前の十手をお竹に見せた。

お竹は震えあがった。

「申し上げます……」

お寿々が誰にも言うなと告げつつ、お竹だけに教えていったのは、何かしら不安を抱えていたのかもしれないと思ったのだ。

「小さな庵に梅を見に行くと……」

お竹は記憶を振り絞った。

「その庵はどこにあるんだ」

「法恩寺橋《ほうおんじばし》を越えたところの百姓地にあると仰っていたような……」

「よしわかった。お前はひとまずここにいろ。もしお寿々が帰ってきたら、とにかく家へ連れて帰るんだぜ」

長次郎はお竹に言い置くと、新三と太十を連れて、まず料理茶屋を訪ねた。

新三と太十の駕籠を表に待たせ、長次郎は、料理茶屋の女将《おかみ》に深い事情は説かず、

「若い男と女の二人連れを探しているんだが」

そのように訊ねた。

女将は二人の特徴を聞くと、

「それでしたら半刻《はんとき》ほど前に出ていかれましたよ」

そのように応えた。

しかし、客の秘事を隠し通そうとしているのかもしれない。

念のため女将を連れて、各座敷に、

「何かお持ちいたしましょうか？」

と、廊下から声をかけさせ、中から応える声を聞いて喜三郎の所在を確かめた。

やはり二人は店を出たようだ。

どうやら近くの船宿で船を仕立てたと見える。

「よし、新さん、太ァさん、こっちはひとっ走りしようじゃあねえか」

まだそれほど梅は咲いていない。庵で梅を見ようとはどうも解せなかった。

新三と太十も同じ想いである。

胸騒ぎに襲われながら、新三と太十は空駕籠を担ぎつつ、長次郎の後に続いて駆け

出した。

九

その庵は現在空き家になっていた。

本所《ほんじょ》法恩寺橋の北方、横川《よこかわ》東岸の百姓地にひっそりと建つ庵は、どこかの通人の隠居所となっていたらしい。

前には川が流れ、後ろには並び建つ常在山霊山寺《じょうざいざんれいざんじ》と平河山《へいかざん》法恩寺の伽藍《がらん》が聳《そび》えている。

周囲は武家屋敷に挟まれた百姓地であるから、いかにも風情があるが、同時にうらさびしいところと言える。

「何だ……。それほど梅は咲いていないじゃあないか……」

庵の庭で梅の立木を眺めながらお寿々はけだるい表情で言った。

「本当だな……。騙されたぜ……」

横に立つ喜三郎がぽつりと言った。

藁屋根の平屋造りの母屋の縁には、退屈そうにしているお蓮の姿があった。

いつものように回向院裏手の料理茶屋で忍び逢った喜三郎とお寿々は、すぐに店を出て、船で横川へ繰り出し、この庵へやって来た。

いつも同じところではおもしろくもないだろうし、今日は趣向を変えようと、喜三郎は前に料理茶屋で逢った折にそっと告げていた。

ちょうど庵が空き家になっていて、しばらく借りられることになったというのだ。

件の料理茶屋での逢瀬も既に四度、ほとぼりを冷まして二人で逃げるまでの繋ぎにしては、いささか逢い過ぎている。

「そのうち見つかるから、これからはここに変えよう」

喜三郎はそう言うのである。

もう既に駕籠舁き二人に見られていて、長次郎がそっと動いていることなど知る由もないが、喜三郎はいつか人に知られることになるだろうと、やきもきしていた。

「人に知られたら、その時はその時さ。一旦、化粧品屋から請け出してもらったが、またお前が恋しくなったとわたしは言ってやるよ」

お寿々はというと開き直るばかりであった。

喜三郎は多分にお寿々を持て余していた。

いっそお寿々を〝喜久屋〟に置いたまま、五十両を持ってどこかへ逃げてやろうか

とも思ったが、

——五十両ぽっちで江戸を離れるのも業腹だ。

その想いが彼の足を止めていた。

お寿々は喜久屋富久右衛門を恨んでいる。

話を聞けば、富久右衛門は実の父ではないらしい。

お寿々は勘が鋭く、店の奉公人や周囲の者を、自分の忠実な家来にしてしまう魅力を備えていた。

そっと人を使いこなし、恐らく自分は父の娘ではないと悟りつつ、富久右衛門には一切わからぬふりをしていた。

それを打ち明けたのは、喜三郎だからこそとお寿々は言う。

そんな娘を一途にさせてしまったのは恐ろしいことだが、お寿々をうまく使えば、まだまだ〝喜久屋〟から金を引っ張り出せるのではないかと、喜三郎は欲を出したのだ。

それゆえ逢瀬の度に、

「あともう五十両あればなあ……」

などとお寿々をけしかけていたのだが、富久右衛門も娘の首に縄はかけられぬが、金蔵の扉にはしっかりと鍵をかけている。

これでは埒《らち》が明かず、今日を潮時と心に決めたのだが、

「二十両なら何とかなりそうだよ……」

お寿々も金の工面を忘れていたわけではないようだ。

「二十両か……。まあ、それで手を打つか……」

喜三郎は溜息《ためいき》交じりに言った。

お寿々は睨むように喜三郎を見つめて、

「それで、いつわたしを江戸から連れて逃げてくれるのです?」

やがて詰《なじ》るように言った。

「その二十両を見てから考えるとしよう」

喜三郎は少し気圧《けお》されたが、笑顔で応えた。

「それで、わたしが差し出した二十両を持って、お蓮さんと手に手を取って江戸を出るつもりなのかい」

お寿々は空ろな目で言った。

縁にいるお蓮の体がぴくりと動いた。

「ここで梅を見ながら江戸を出る相談をしようなんて言って……。今日わたしがお金

の工面ができないと言ったら、密かに殺して厄介払いをしようとしたんじゃないのかい」

「おい、お寿々、何てことを言うんだい。お蓮は……」

「妹という名の女なんだろう」

「おい……」

「お前のお蔭で女になれた……。でもねえ、女になったからわかるんですよ。二人が兄妹じゃあないってことがね」

お寿々は振り絞るように言った。

まだほんの小娘と相手にしていなかった喜三郎は目をむいた。

悲しい出生の秘密。それを共有出来たはずの母は、まだ自分が子供の頃に死んでしまった。

成長して智恵が回るようになって、自分が父親の実の娘でないと知った時の衝撃は今も忘れない。

父親への反発は、母の仇への憎しみと変わった。

その一方で、いつ父親に酷い目に遭わされるかもしれないという恐怖が絶えずお寿々を襲った。

そういう日々のせめぎ合いの中、生きてきた不幸な少女は、感性の鋭い娘へと変わっていったのである。

しかし悲しいかな、喜三郎とお蓮の間に横たわる情感が、肉親の間のものではなく、男女のそれであることに初めから気付けるほどの感性は、まだ恋をしていないお寿々にはなかったのである。

だが、家を裏切り、罪を犯してまでも、母の仇に一泡吹かせてやりたいと頼みに思った男は侠客《きょうかく》ではなく、ただの悪党であった。

喜三郎とお蓮の様子を間近に見ると、お蓮の態度でわかるのだ。

自分が何気なく喜三郎に向ける目を、お蓮もまたしている。

そして、お蓮が時折自分を見る目に、この上もない憎しみを感じてしまうのだ。

「大したもんだ……」

喜三郎は、からからと笑い出した。

「いや、大した女だねえ、お前は……」

お蓮との仲を見破り、今日は喜三郎と二人でこの庵にやって来て、他にお蓮しかいないこの場で詰ってくるとは、勘といい、度胸といい、〝なかなかの玉だ〟と思ったのだ。

これならいっそ、お蓮を捨ててこのままお寿々と一緒に逃げてもよいくらいだと。

しかし、お蓮も黙っていない。

江戸では妹の座にいた方が何かと喜三郎にとって都合がよかろう。喜三郎は女を騙してこその男なのであるから。

そう思って、喜三郎がお寿々をたぶらかすのも辛抱して見てきた。

だが、喜三郎が欲をかいてお寿々と度々密会してきたので、頭にきていたのだ。

「そうかい、あんたみたいな小娘でもそれに気付いたかい、誉めてやるよ。お察しの通りさ。あたしと喜三さんとは末《すえ》を誓った仲さ。おあいにくさまだったね」

お蓮はお寿々を嘲笑《あざわら》った。

「やはりそうだったんだね……」

お寿々の目はますます空ろなものとなっていった。

「だったらどうだってんだ。ふん、実の父と子であろうがなかろうが、知らぬふりをして婿でもとって物持ちのお内儀でいりゃあよかったんだ。まったく馬鹿な女だねえ。苦労知らずが親に逆うからこうなるんだよ」

お蓮はますますお寿々をこき下ろした。

「こうなる？　どうするつもりです？」

お寿々は問い返した。

「そうさねえ、こう聞きわけのないことを言われたらこっちも黙っちゃあいられない。こっちの江戸を出る段取りも整ったことだし、あんたにはちょいと窮屈だけど、長持ちの中へ入ってもらって、荷船で運ばれて、遠くの町で働いてもらうことにするよ。なに、きれいな着物を着て、男の相手をするだけだから楽なものさ」

「なるほど、わたしをどこかへ叩き売って、二人で逃げると……」

喜三郎は顔を歪《ゆが》めて、

「お前が騒ぎ立てるから、おれもお前が恐くなってきたってことさ」

お寿々の前に立ち塞がった。

それに向かって、お寿々はいきなり隠し持っていた匕首《あいくち》を抜いて突き入れた。

「な、何しやがるんでえこの尼！」

匕首は喜三郎の右腕を斬り裂いた。

咄嗟《とっさ》にかわしたので深傷《ふかで》にはならなかったが、喜三郎の二の腕から血が流れた。

「質屋には色んなものが揃《そろ》っているのさ！」

お寿々は気丈にも匕首を振り回した。

「言ったろう、わたしを騙したり捨てたりしたら、殺してやると……」

「ああ、そんなことを言うようになったからこっちも先手を打ったのよ！」

お寿々は、この日何かが起こるかもしれないと、質屋の流れた品から匕首を見つけて、そっと風呂敷包みの中に忍ばせたのだ。

だが、血を見て喜三郎とお蓮は逆上した。

「もう我慢ならねえや！」

二人でお寿々を押さえつけ、匕首を取り上げ、喜三郎がお寿々の腹を蹴《け》りあげた。

さすがのお寿々もその場に崩れ落ちたのである。

十

お寿々は哀れにも、後手にしごきの帯で縛られ転がされた。

「こんな尼は生かしておくと後々面倒だ。ここへ付いてきたのが運の尽きだ。お前には死んでもらうぜ」

喜三郎は腕の傷を手拭《てぬぐ》いで縛ると、匕首を振り上げた。

それをお蓮が制して、

「喜三さん、一度はわりない仲になった女じゃあないか。殺すのは後生が悪いだろ」

猫撫で声を出した。

「お蓮、耳の痛《いて》えことを言うんじゃあねえよう。これも仕事だ……」

「わかっているさ。あたしに殺《や》らせておくれな。この女、喜三さんと好い想いをして、刃を向けるとはとんでもない奴だよ」

お蓮はそう言うと、喜三郎から匕首を取り上げて、

「喜三さん、あっちへ行ってなよ。この憎い女はあたしがこの手で殺してやるよ」

「そうかい。そんならおれは、骸《むくろ》を入れる袋を持ってくるぜ」

喜三郎はこともなげに言うと、庭の向こうに消えた。

「この人でなし……！　きっと、きっと化けて出てやる！」

お寿々は叫んだ。

「やかましい！」

お蓮は匕首を振りかざして、お寿々に迫った。

だがそこへ、常軌を逸した二人の女の叫び声を聞きつけて、三人の男がとび込んできた。

新三、太十を連れた思案の長次郎であった。

ここまで駆けて来た疲れも何のその、長次郎はお蓮が手にする匕首を取りあげ放り

投げると、彼女を取り押さえた。

「ち、畜生……！」

すると、様子に気付いた喜三郎が、裏木戸から逃げ出すのが、新三の目に見えた。

「親分！　あの野郎はあっしらが！」

新三は叫ぶや、太十と二人で喜三郎を猟犬のごとく追いかけた。

百姓の出ながら、旅の武芸者に武芸を教え込まれた二人であった。

たちまち喜三郎に追い着くと、

「この野郎！　神妙にしやがれ！」

「恥を知りやがれ！」

庵の外で暴れる喜三郎に、新三はいとも容易《たやす》く足払いをかけ、倒れたところを太十が腹に拳《こぶし》を突き入れた。

長次郎が見ていれば、その鮮かさに驚いたであろうが、彼は新三と太十がそれほどまでの達人とは思っていない。

お蓮の両足首を釣縄で縛り、

「お嬢さん、もう心配要らねえよ……」

と、お寿々を縛りつけていたしごきを素早く解いた。

そして、長次郎は、

「ここでじっとしていなせえ」

と、お寿々に言い置いて、新三と太十の跡を追ったのだ。

ちょうどそこへ、裏木戸から新三と太十が、ぐったりとした喜三郎を両脇から支えて連れて来た。

「怪我《けが》はねえか？　新さん、太ァさん、よくやってくれたねえ」

長次郎が、ほっと一息ついた時、彼の背後で低い女の呻《うめ》き声がした。

「しまった……！」

お蓮が縄を解いてお寿々に襲いかかったのかと振り向けば、そのお蓮は喉から血を流して息絶えていた。

何ということであろうか。

お寿々が地面に落ちた匕首を拾い上げ、お蓮を刺したのである。

新三、太十、長次郎の三人は絶句した。

「殺してやる……」

お寿々は血に染まった匕首を両手に握りしめ、脇目もふらず今度は喜三郎に襲いかかった。

「た、助けてくれ……！」

正気に戻った喜三郎は、新三と太十に押さえられた両腕を振りほどき、お寿々から逃げんとしたが、

「止《よ》さねえか！」

長次郎はお寿々に組みつき、彼女から匕首を奪った。

喜三郎はそれを見て放心して、新三と太十に体を預けた。

「重てえ野郎だぜ！」

新三は太十と目配せして、喜三郎を庵の庭に放り投げた。

お寿々はそれを見ると、憑《つ》きものが落ちたかのように地面に手を突き、そのまま気を失ってしまったのである。

十一

江戸の町は少しずつ暖かくなっていた。

それでいてまだまだ風は冷たく、駕籠を舁く新三と太十の火照《ほて》った体をよい具合に冷ましてくれる。

二月から三月にかけては、二人にとってはなかなかによい季節である。

「ヤッサ」

「コリャサ」

この日も二人の駕籠は軽快に、浅草を大川《おおかわ》沿いに北へと向かっていた。

そこから山谷堀《さんやぼり》に出ると、三谷橋《さんやばし》を渡って千住《せんじゅ》の宿へ——。

なかなかの遠出であった。

本所の庵の一件はすべて片がついた。

喜三郎は、思案の長次郎によって身柄を押さえられ、牢《ろう》へ入れられ詮議《せんぎ》を受けることになった。

恐らく死罪は免がれたとて、流罪となって一生娑婆《しゃば》に戻っては来られぬであろう。

お上の調べによると、喜三郎と悪事を働いたお蓮は、〝喜久屋〟の娘・お寿々を騙し、殺害しようとしたところを長次郎に踏み込まれ、

「もはやこれまで……」

と、自ら喉を突いて死んだ。

お寿々は無事助けられたのであるが、あまりの出来事に世をはかなみ、喜三郎とお蓮が取り押さえられている間に、横川へ身を投げてしまったとある。

一度は喜三郎に拐かされ、喜久屋富久右衛門は長次郎を間に立てて、娘を取り返したのだが、実はあれはお寿々が喜三郎と仕組んだもので、二人は情を交わしていた。一緒に逃げるための金欲しさに、お寿々は一芝居を打ったのだ。

そこまでして惚れていた喜三郎は、妹とされていたお蓮と情を交わしていた。

そして世間知らずのお寿々を上手く利用した上で、邪魔者を始末せんとしたのだから、これを知ったお寿々が死にたくなったのも無理はなかろう。

お寿々の骸は川に流されて上がってこなかったが、お蓮の血で染まった娘の片袖だけが水辺で見つかった。富久右衛門にはそのように報されたのであった。

富久右衛門は呆然《ぼうぜん》自失となった。

お寿々の行動には手を焼いていたものの、まさかここまでのことが、自分の知らぬところで展開されていたとは思いもよらなかったからだ。

彼は抜け目なく商いで金を稼いできたし、人の心を見るに敏で騙されたこともなかった。

それが、箱入り娘として育て、何不自由なく暮らさせてきたお寿々の心の内が読めなかったとは——。

お寿々が自分の娘でないことには気付いていた。

だが、富久右衛門は、かえってその方がお寿々を道具として見られてよいと考えていた。

自分は狸の顔に、狐《きつね》のずるさが加味された不思議な面相だと言われてきた。その血が入っていないからこそ、お寿々は美しいのであろう。その美しさは、富久右衛門の金儲けに大きく寄与してくれるはずであった。

その割り切りが、世間からは娘をかわいがる父親に映った。

お寿々は心の奥底で富久右衛門への復讐を誓いつつ、箱入り娘として多少の反発を持ちながらも親には逆えぬ娘を演じ続けた。

喜三郎のお寿々への愛情が確かなものであったとしたら、五十両をせしめてすぐに二人で逃げていたことであろう。

いずれにせよ、お寿々は消えてしまうことで、母の仇を討ったことになる。

体裁を取り繕い、札差の次男坊を婿として迎える話も、これで水泡に帰した。

お寿々が痴情沙汰を引き起こし、川に身を投げたという噂は、人々の好奇を呼びたちまち広まった。

亡骸《なきがら》は上がらぬままに、富久右衛門はお寿々の葬儀を出さねばならないが、

「わたしは娘が生きていると信じておりますから……」

と、事件から十日経《た》った今も、ひっそりと店に籠ってしまっていた。

今度の騒ぎで、彼のかつての悪業も取り沙汰されていて、

「もう、〝喜久屋〟をたたもうかと思っている……」

と、周囲の者に漏らしているそうな。

彼には妾宅があり、そこには息子もいる。

その料理屋で暮らすか、親子三人で堺町界隈《かいわい》から遠く離れて新たな人生を切り拓けばよいのであろう。

いずれにせよ、〝喜久屋〟の秘事に触れてしまった新三と太十にとっては、少しばかり溜飲《りゅういん》の下がる想いであった。

とはいえ――、お上が断じた事件の結末は事実に反する。

喜三郎とお蓮を殺して、自分も死ぬつもりであったお寿々の犯行を、お蓮が追い詰められて自害したものとして、長次郎が揉み消したのだ。

喜三郎は、お寿々がお蓮を刺したところを見ていなかった。

それならお蓮が自害したことにしておけばよい。

「喜三、お蓮は観念して手前で喉を突いて始末をつけたぜ……」

長次郎は、喜三郎に襲いかかったお寿々を取り押さえた後、咄嗟にそう言い放っ

た。

新三と太十は、長次郎の気遣いに感じ入り瞬時に同意して、その場で大きく頷いたものだ。

「だが、一旦気持ちが収まったと思ったお寿々が、まさか川に身を投げるとは思いもよらず、死なせてしまったのは、あっしの不覚でございました……」

長次郎が、彼の旦那である南町《みなみまち》奉行所の定町廻方同心《じょうまちまわりかたどうしん》にそのように詫びた時、新三と太十は、

「いいえ、あの折は喜三郎を取り押さえねえといけませんし、お蓮からお寿々さんを守ってやらねえといけねえ。まったく大変だったのでございます」

「命を助けたお寿々さんが、ちょいと目を離した隙に川へ身を投げたのを、親分が見逃したのも仕方のねえことでございました」

そのように長次郎を庇《かば》い、

「うむ、そいつはそうだな。駕籠の二人の言う通りだ。娘も生きちゃあいられなかったのさ。うむ、仕方がねえや」

と、同心も話を収めてくれたのである。

そして、新三と太十はお手柄を評された。

〝駕籠留〟の親方・留五郎と、娘のお龍、お鷹姉妹も大いに喜んでくれた。

あれこれあって、お寿々の痛ましい死はあったものの、新三と太十は日常に戻り、心晴れやかに客を千住の湊へと運んでいるのである。

山谷浅草町の通りを過ぎると、周囲は長閑《のどか》な田園となる。

そこから千住大橋はもうすぐ近くだ。

千住から船に乗ると、翌夕には武州川越《ぶしゅうかわごえ》に着く。

駕籠の客はこの日、江戸を離れるのだ。

「おすみさん、着きましたよ」

新三はやがて客に声をかけた。

千住大橋を渡って少しばかり荒川《あらかわ》沿いを行ったところに船着場はあった。

太十が垂れを上げると、

「お世話さまでございました……」

おすみと呼ばれた客が、ちょっと首を竦めながら地に足を着けた。

町の若女房風だが、まだ鉄漿《かね》はつけていない。凜《りん》として引き結ばれた口許は意思の強さを見せ、気軽に声などかけられない女の凄みを醸している。

言葉にもすっかりと重みが出ているがその客は、お寿々であった。

本所の庵でお蓮を刺し、喜三郎をも殺してやろうと息まき、ついに気を失ったあのお寿々である。

長次郎は、新三と太十と図り、お寿々を庵の一間に隠すと、ひとまず喜三郎を地元の番屋へ放り込み、

「こいつを取り押さえている間に、娘がいなくなっちまいやして……」

捜すふりをして、新三と太十に自分の煙草入を持たせ、お寿々を密かに思案橋の家へと運ばせた。

騒ぎ立てたり、舌を噛んだりせぬように、縄を打ち猿轡を噛ませてのことだ。

新三が長次郎の煙草入を見せ事情を話すと、女房も心得たもので、裏口からそっとお寿々を家に入れ亭主の帰りを待った。

お寿々は興奮が醒めず、猿轡を外してやると、

「わたしは死なねばなりません」

すぐにも舌を噛みそうな勢いであったが、

「あたしはお前さんの身を亭主から預かっているんだ。やどが帰るまでは何があっても生きていてもらいますよ」

長次郎の女房に一喝されて、またそのまま気を失ったように寝てしまった。

やがて長次郎は帰ってきて、幾分気も鎮まったが、相変わらず〝死なねばならない〟を繰り返すお寿々に、

「死ぬのは好いが、命はまっとうしなせえ」

と諭した。

既にお寿々は死んだことにしてあるから、新たな人生を送ればよい。その段取りはきっちりとつけてやると言うのだ。

お蓮を刺してしまったのは罪だが、そのことでお寿々が裁かれるのは後生が悪過ぎる。

長次郎は真におもしろい御用聞きで、一文の得にもならないことに没入した。そしてその考え方や想いに、新三と太十は大いに共鳴出来たのである。

お寿々は、自分が死んだと報されて、富久右衛門が呆然自失となったことを知り、まず母・お浪の仇も討てたと心が晴れた。

自分の純情を踏みにじり、殺そうとまでしたお蓮はこの世になく、喜三郎も重罪に問われるであろう。

それゆえもうこの世に未練もなかったが、彼女が喜三郎に、

「二十両なら何とかなりそうだよ……」

と告げた金は、生前お浪が、

「何か、どうしようもなく大変な目に遭った時に使いなさい」

そう言ってお寿々にそっと持たせてくれた金であった。

お寿々が喜三郎に、すんなりとその金を差し出さなかったのは、母のその言葉が耳に残っていたからだ。

裏返せば、その二十両をも託そうとした男にお寿々は裏切られた。殺してやろうと思ったのは当然であろう。

そしてその二十両は、件の匕首と共にお寿々の手にした風呂敷包みの中に潜んでいたのである。

——おっ母さんが言ってくれたように、今この二十両を使って生きよう。

お寿々はそのように思い直したのである。

長次郎はそんなお寿々を〝おすみ〟として、彼女の実の父親であったと思われる幸助の妹に会わせた。

あの、お寿々にそっくりな芝の青物屋の女房である。

互いの顔を見合って、お寿々と叔母《おば》は涙にくれた。

そして叔母は、兄が生前に儲けた娘だとして、川越の縁者が営んでいる小さな旅籠《はたご》に身を寄せられるように話をつけてくれたのである。

これで兄・幸助の無念も少しは晴らされたと喜びながら――。

「おすみさん、いつかまた江戸へ遊びに来なせえ」

新三はにこやかに励ますように言った。

おすみは満面に笑みをたたえて、

「その時はきっとお報せいたしますから、お二人の駕籠に乗せてくださいまし」

しっかりとした口調で応えた。

「一人で大事ねえですかい」

太十が問うと、

「もう何にも恐わいものなどありません。いえ……、ひとつだけ……。何をしでかすかわからない自分の気性は恐わいですが……」

彼女はからからと笑って、

「親分さんや、皆さんに何卒《なにとぞ》よろしくお伝えくださいまし」

深々と礼をすると、思い切るようにして、船着き場へと歩き出した。

姉さん被りにした手拭いが春の風に揺れている。

新三と太十はその後ろ姿を見送りながら、

「質屋の娘が流れていくか……。何より恐わいのは、あの娘の縹緻だな」

「新三の言う通りだ。きれいな女は得なようで、不幸せを呼ぶこともあるんだな」

「今度は騙されずに、好い男と一緒になってもらいてえもんだ」

「心配は要らねえよう。もう母親の仇は討ったんだ。何も企むことなんかねえんだぜ」

「じっくり人を見て付合えるってことか。いいなあ、そういう気持ちになれたら」

「ああ、まったくだ……」

駕籠舁き二人は、やがて阿吽《あうん》の息で先棒と後棒に分かれると、

「ヨッ！」

と、肩に載せた舁き棒を持ち上げた。

二　新太

一

深川の佐賀町《さがちょう》で客を降ろすと、新三と太十の傍らを、いたずら小僧の一群がはしゃぎながら駆け抜けていった。

町には桜が咲き始め、うららかな春の日を楽しむ子供達は真に屈託がない。

桃のように瑞々《みずみず》しい頬、少し歯が抜けた口、つぶらな瞳……。

「なあ太十、子供が遊んでる様子は、見ていてまるで飽きねえなあ」

「うん。煩《わずら》わしいという人もいるが、おれは好きだなあ」

二人はこんな言葉を交わし、小さな姿が見えなくなるまで眺めていたのだが、それがいけなかったのかもしれない。

「ちょいとすまねえが、お前さん達を男と見込んで頼みてえ」

いきなり子連れの男に声をかけられた。

男は二十五、六。唐桟《とうざん》の着物に雪駄《せった》履き。一見したところ、素人《しろうと》には見えなかった。

嫌な予感がした。

「おれはのっぴきならねえ用があって、この子を送ってやれねえんだが、本所石原町《いしわらちょう》まで乗せていってやってくれねえかい」

男は片手拝みをしてみせた。

子供は、八つくらいであろうか。

いかにもすばしっこそうで、利かぬ気が顔に浮かんでいる。

それでも、駕籠舁き二人に預けられるのが不安なのであろう。唇を真一文字に引き結びながらも、上目遣いに新三と太十の顔をちらちらと見ている。

心やさしき二人には、その仕草が何とも健気《けなげ》に思えたが、仕事としては子供一人を預けられるのはこちらも不安である。

「男と見込まれるほどの者じゃあござんせんが、この子は……」

新三が男に探るような目を向けた。

「この子はおれの兄貴の倅《せがれ》なんだ。兄貴も今はのっぴきならねえ用があって、この子をおれに託《あず》けたんだ。頼むよ、ちょいと急いているんだ。本所石原町に秋太郎《あきたろう》って人がやっている提灯屋《ちょうちんや》があるから、そこまで連れていってくれねえかい。少しの間預かってもらいてえ、すぐに兄貴が迎えに行くからと伝えてくれりゃあいい」

男はたたみかけるように言った。

どこか調子のよさが見え隠れするので、新三と太十は顔を見合わせた。

——断ってしまおうか。

という目を向けたものの、その間も上目遣いに二人を見ている子供の哀しそうな顔を見ると、やはり放っておけなくなり、

「その兄貴というお人の名は？」

新三が問うた。

「仙次郎《せんじろう》というんだ」

「仙次郎さん……」

「だがよう、あまり軽々しく口にしねえでもらいてえんだ。色々と理由があってねえ」

「理由？　余計な口は利きませんが、理由があると言われると、こっちも落ち着きませんねえ」

「だから、そこを男と見込んで頼みてえんだ。とにかく届けてくれるだけで好いんだ。大人を乗せるより楽だろう。この子一人に行かせるわけにはいかねえし、お願い

だよ。な……」

男はさらに両手で拝んだ。

子供一人で行かせられないのはわかる。

しかし二人が断ればそのようになるだろう。

「お父っさんの名が仙次郎さんで、本所石原町の提灯屋が秋太郎さんですね」

つい新三は応えていた。

「ありがてえ。お前さん達みてえな子供好きに悪い者はいねえと思ったが、やっぱり当っていたよ」

「そいつはどうかわかりませんぜ」

「いやいや、その受け応えを聞いていりゃあよくわかるよ。そんなら頼みましたよ。駕籠賃は提灯屋でもらってくんな」

「そいつは勘弁しておくんなさい」

「言ってみただけだよ。ほい、こいつでなんとか頼むよ」

男は一朱《しゅ》を新三に手渡すと、子供の肩に手をやり、

「そんなら新坊、しっかりとな。なあに、お父っさんはすぐに来てくれるさ。おれもきっと顔を出すから、大人しくしているんだぜ」

と言い聞かして、

「提灯屋は大川から堀へと水が流れ込むところにあるんだ。よろしくな。すまねえな！」

あっという間に駆け去った。

「ああ、ちょいと……」

新三が呼び止める間もなく、男の姿はすぐに永代橋《えいたいばし》に向かう人ごみの中に消えてしまっていた。

何か余ほど急いでいるのであろうが、よからぬことをしでかしたのではないかと思われ、新三と太十は溜息をついた。

それでも、子供には罪がないのだ。

ただ一人置いていかれても尚、黙って立っている〝新坊〟に、新三と太十は愛しさを覚えていた。

「新坊……、というのかい？」

太十がにこやかに問いかけた。

「うん、おいらは新太《しんた》ってんだ」

子供は駕籠屋の二人がやさしい人だと感じたのであろう。はきはきとして応えたものだ。

「新太……てえと、新しいと、太いと書くのかい？」

　新三の顔にもひとりでに笑みが浮かんでいた。

「そうだよ」

「ははは、そうかい。おじさんは新三で、このおじさんは太十ってんだ」

「そうなのかい？　それじゃあ、おじさんたち二人の名を足すと、おいらの名になるんだね」

「そうだよ。新坊は頭が好いねえ……」

　新三は〝新太〟という名にちょっとした縁を覚えた。

　そういえば、新太を託していなくなった男の名も聞いていなかったし、駕籠舁き二人の名も聞かずに男は去っていった。

「新坊を置いていったおじさんの名は何というんだい？」

　太十が問うた。

「あのおじさんは、梅吉《うめきち》兄さんだよ」

　応えようから察すると、新太とは親しい間柄らしい。

「お父っさんは、うめ！　てよんでいるよ」

どうやら仙次郎というのは渡世人で、その乾分《こぶん》の梅吉に新太の面倒を見させていたのだが、二人共に今は身を隠さねばならない状況にあるようだ。

それでひとまずこの子を安全なところに行かせておこうとした――。

新三と太十にそのような新太の背景が浮かんできた。

詮索は不用だが、そうであれば是非もないことだ。

とにかくこの子をそこまで連れて行くしかなかった。

「よし、新坊、そんならまず駕籠にお乗り」

「駕籠に乗ったことはあるかい？」

「はじめてだよ」

「そうかい。楽しいよ」

「おじさん達が舁く駕籠は乗り心地が好いのだよ」

「うん！」

そこは子供のことだ。新太は、大いにはしゃいで乗り込んだ。

「垂れは下ろしておくから、隙間から外を見ていれば好いよ」

新三はそう言うと、新太が手にしていた小さな風呂敷包みを駕籠の中へ入れてやった。

「よし！　そんなら新坊、行くよ！」

息ぴったりの二人は、昇き棒を肩に載せると、四つ手駕籠をふわりと浮かせた。

そして二人はほぼ同時に竹杖《たけづえ》を地面につけると、

「ヤッサ……」

「コリャサ……」

いつもの掛け声よろしく、大川端の道を北へと駆け出した。

二

駕籠の中の新太は、垂れを下ろしていても手に取るようにわかるほど、道中を楽しんでいた。

新三と太十にとっては、空駕籠を担いでいるくらいの重さである。

思い切り早駆けをしてみたり、大きく上手に揺らしてやったりして、新太を喜ばせたものだ。

脚力自慢の新三と太十のことだ。

石原町までは半刻もあれば到着する。

しかし、時折二人で駕籠の中の新太に話しかけるうちにわかってきたのだが、新太はこれから預かってもらうはずの秋太郎という提灯屋とは、会ったことがないらしい。

名前は聞いたような気がするというから、親類縁者の類《たぐい》であるのは確かなようだが、新三と太十は気が重かった。

或《ある》いは、まだ物心ついていない頃に顔を合せたのかもしれないが、それくらいの付合の者のところに訪ねていかねばならない新太の胸中を察すると辛くなってくるのだ。

果してすんなりと新太は引き取られるのであろうか。

先ほど新太を二人に託して消えてしまった梅吉を思うと、秋太郎にはきっちりと話が通っているのかどうかが、不安になってくる。

提灯屋はすぐに知れた。

大川の水が細い堀に流れ込むところの小橋を渡ると、丸に秋の字が描かれた腰高障子が見えた。〝提灯〟〝傘〟の看板が吊り下げられてある。

「よし、ここに違《ちげ》えねえや。まず訊ねてみるとしよう」

新三と太十は駕籠を傍らの岸辺につけると、

「もし、ちょいとお訊ねいたしますが……」

店を覗き見て声をかけてみた。

しかしどうも様子がおかしい。

提灯屋といえば、軒先に色んな提灯が吊られていて、大抵は傘なども一緒に置いてあるのだが、店はがらんとしていた。

やがて、中から声に気付いた店の女房らしき者が出て来たが、

「おや、駕籠など頼んだ覚えはありませんよ……」

新三と、店の外に止まっている駕籠を見て、女は陰気な声で言った。

「いえ、ちょいと人に頼まれまして、ここまで送ってきた次第でございます」

新三は太十に目配せをすると、新太の手を引き、

「この子の落ち着く先を求めて参ったのでございます」

新三は、梅吉に頼まれて、新太を届けに来たのだと、経緯を話したのだが、

「それは困りましたねえ」

女は、あからさまに嫌な顔をした。

「わたしはその秋太郎の女房でございますがねえ」

女房はおせいという。

彼女は仙次郎の名は知っていた。

亭主の秋太郎の従兄《いとこ》にあたるらしい。

「でもねえ、仙次郎さんは己が分をわきまえていたのでございましょうねえ……」

子供の頃は親しくしていて、気の弱い秋太郎は何かというと仙次郎に助けてもらったが、仙次郎はやくざな道に足を踏みいれたので、大人になってからは付合いを絶っていたらしい。

それゆえ、おせいは仙次郎にも新太にも会ったことがないのだという。

「その子供を、いきなり駕籠屋さんに預けて、うちへ届けられても、わたしはどうすればよいのかわかりませんよ」

おせいはけだるい表情を浮かべた。

「なるほど、左様でございますか……」

新三は当惑した。

やはり、新太を一時預けるという話は通っていなかったのだ。

「とはいえ、あっしらもこちら様へ届けてくれるようにと頼まれたわけでございまして、そう言われましても困ってしまいます」

新三は、ちらりと駕籠の方を見た。

既に新太は駕籠を降りて、小さな風呂敷包みを太十に持ってもらって、何とも哀しげな顔で新三とおせいの方を見ていた。

「まあ、駕籠屋さんにとっては災難のようなものでございましょうねえ」

新太の様子を見つつ、おせいはそのけだるい表情を変えなかった。

新三は少しばかり苛々《いらいら》してきた。

新太の父親の仙次郎は、やくざな道に足を踏み入れてしまった身を恥じて、ここには訪ねてこなかったようだ。

それは、身を持ち崩したとはいえ、堅気に迷惑はかけまいとする仙次郎の心意気であったと思われる。

――仙次郎は悪い男ではあるまい。

何か窮地に立たされたゆえに、子供だけを一時託したのに違いない。

亭主の親戚にあたる頑是無《がんぜな》き子供が、不安を胸にここまで来ているのだ、少しは気の毒そうな目を向けてやってもよいではないか。

「ひとまず、秋太郎さんを呼んではくれませんかねえ」

新三はやや強い口調で言った。

それでもおせいは表情を変えずに、

「やど、やどを呼べと？　それはできない相談でございますねえ」

「できねえ？　どういうことです」

「どうもこうも、秋太郎は二日前に、ぽっくりと死んでしまったのですよ」

「え……？」

「うそじゃあありませんよ。家の中を調べてもらったら、お位牌だってありますから……」

「そいつはまた、ご愁傷様で……」

新三はぽかんとした目を向けた。

道理で店の内が殺風景なはずである。

おせいの話では、やっと葬儀もすみ、この先店をどうしていくか、思案をしているところだと言う。

奉公人に女中を一人置くだけで、秋太郎とおせいの間に子は無い。

夫婦でやってきたとはいえ、秋太郎は提灯を拵《こしら》える職人であったから、これから先は何か商売替えでもするか、ひとまず実家へ帰ろうか、考えることは尽きないのだ。

「そこに、会ったこともない子を連れて来られましてもねえ」

おせいは嘆息した。

いきなりの夫の死の衝撃から、彼女は立ち直れてはいないようだ。

「うーむ……。そんならあっしらはどうすれば好いんですかねえ」

おせいの気持ちはわかるが、新三と太十もそれでは困るのだ。

二人は少ないながらもここまでの駕籠賃をもらって、新太を連れてきた。

「そんならひとまず後のことはお前さんに託して、あっしらはお暇《いとま》いたします」

そう言って新太を置いて、さっさと行ってしまえばよいのだ。

「会ったこともない子」でも、亡夫の親戚ではないか。新三と太十が文句を言われる筋合はない。

とはいえ、そんな風に割り切ってものを考えられないのが新三と太十なのだ。

おせいは、新太を受け入れるつもりなど毛筋ほどもなかろう。

そこへ新太を置き去りにするのは、到底《とうてい》出来なかったのである。

おせいも話をつけねばならないのはわかっている。

新三と太十の人となりを見極めて、

「そんなら、伊之助《いのすけ》さんのところに連れて行ってあげてもらえませんかねえ」

新たな預け先を提案した。

伊之助というのは、仙次郎の女房の弟で、浅草駒形町《こまがたちょう》で料理屋をしているというのだ。

秋太郎はその縁で、店に提灯を納めたことがあったらしい。

縁が切れていると言いながら、仙次郎のつてで提灯を売っていたのではないか
――。

この女房も、しゃあしゃあとそこへ連れて行けとはよく言えたものだと、新三と太十は思ったが、秋太郎は三十になるやならずで死んでしまったのだ。

おせいが血の繋がりのないやくざ者の子供を、今は瞬時も預かりたくない想いもわかる。

子宝に恵まれずにきたおせいには、

――子など儲けてはいけないところに子ができて、どうしてうちにはできなかったのか。

そんなひねくれた想いもあるのだろう。

人を思いやって、自分が馬鹿を見る。

新三と太十はそれがわかりつつも、辛い子供時代を送っているだけに、新太が心から落ち着けるところを探してやりたくなる。

新三は新太の傍《そば》へと寄って、

「新坊、おっ母さんの弟って人を知っているかい？」

と、訊ねてみた。

「伊之助おじさんかい？」

新太は知っているようだ。

「どんなおじさんだい？」

「おもしろい人だよ」

「おもしろい？」

「お父っさんはおっ母さんに、お前の弟はおもしろいやつだと、よく言ってたよ」

「会ったことはあるかい？」

「おっ母さんが死んだ時に一度だけ……。でもよくおぼえていないから、会ってみたいなあ」

「よし、じゃあ、伊之助おじさんのところへ行ってみよう」

新太の笑顔が救いであった。

おせいはほっとした表情を顔いっぱいに浮かべて、

「駕籠屋さん、すまないねえ。これは駕籠賃と酒手にしておいておくんなさい」

二朱ばかりの金を新三に握らせた。

新三と太十は、ひとまずこれで仕事と割り切れる。

「へい。そんならそうさせていただきましょう」

新三は駕籠賃と酒手を押し戴いた。

おせいは、初めて新太に笑顔を向けて、

「そんなら新坊、またね……」

と言ったが、

「もうおばさんに会うことはないよ」

新太は彼なりにおせいの薄情な素振りが腹立たしかったのだろう。

憎々しげに応えると、駕籠に乗り込んで自分で垂れを下ろしたのである。

おせいはしてやられて顔を歪めた。

新三と太十は心の内で快哉《かいさい》を叫びながら、駕籠を担ぐと振り向くことなく、大川端をさらに北へ、吾妻橋《あづまばし》へと向かったのであった。

三

吾妻橋は本所と浅草を繋ぐ大橋である。

大川橋とも呼ばれ、江戸切絵図には七十六間と記されている。

橋を渡り始めると、

「すごいや……」

駕籠の中で新太が嘆息した。

大川には無数の船が行き通い、両岸には桜。岸辺に建つ料理屋、茶屋、遊興所の賑《にぎわ》い。遠く浅草寺《せんそうじ》の大伽藍《だいがらん》……。それらが橋の上を走ると目にとび込んでくる。

新太は仙次郎に手を引かれ、この橋を渡ったことがあったが、薄すらとしか覚えていなかった。

今日駕籠に揺られながら見るのは、真に絶景であり興奮を覚えたのだ。

新三と太十の表情にも笑みが浮かんできた。

少しの間預かってくれたら、すぐに仙次郎が迎えに来る――。

梅吉から言われた通りに伝えたのに、門前払いを食らわされた新太である。

余ほど心に傷を受けたのではないかと思いきや、無邪気に景色を見て喜んでいる。

駕籠を舁く二人にとっては何よりである。

もっとも、新太にしてみれば、迷惑がられるくらいなら、おせいの許になどいたくはないというところなのであろう。

「もうおばさんに会うことはないよ」

の捨て台詞はなかなか見事であった。

——さて、次の料理屋はどうなのであろう。

新三と太十の胸の内に一抹の不安があったが、新太の天真爛漫《てんしんらんまん》はそれを吹きとばしてくれるに十分であった。

何と自分達は人が好いのだと苦笑いを浮かべてはいるが、二人は新太といる一時が楽しくなってきていた。

無邪気な子供と戯れつつ、石原町へ行くのも、駒形町へ行くのも、きっちり代はもらっている。

今は楽しい仕事と割り切ろうと、二人は自分に言い聞かせていた。

駕籠は軽快に吾妻橋を渡り、そこから大川端を南へ。竹町《たけちょう》の渡し場を通り過ぎると、駒形堂が見える。

伊之助の料理屋はその向かい側の駒形町にあった。

それほど大きな構えではないが、檜皮葺《ひわだぶき》の門を潜ると細長い庭が続き、そこから各座敷に上がれるようになっている。

なかなか趣のある造りである。

まず新三が表から訪ねてみると、女中が出て来て、裏口の木戸から駕籠のまま入るようにと伝えてすぐにまた奥へと去っていった。

女中にはあらましを伝えたので、伊之助はすぐに裏庭に現れた。

三十前で物腰の柔らかな男である。

新三と太十が、新太を駕籠から出すと、伊之助はにこやかに新太の肩を抱いて、

「新太、久しぶりだなあ、前に会った時は、まだお前は小さかったから今日が初対面のようなものだが、大きくなったじゃあないか」

しみじみと言った。

自ずと新太の顔も綻んだ。

新三が改めて経緯を伊之助に語ると、

「そうでしたか。そいつは苦労をかけちまいましたねえ」

伊之助は新三と太十に詫びた。

先ほどの提灯屋でもそうであったように、仙次郎は女房の弟の家にも、ほとんど近付こうとはしなかったらしい。

仙次郎の女房はおちかと言った。

伊之助とは一歳違いで仲のよい姉弟であった。

生まれは千住の煮売屋で、おちかが仙次郎と一緒になった後、両親の死去に伴って、伊之助は浅草に出て料理人となった。

元々料理の腕はよく、やがて自分の店を出し、商才もあったようで、店は繁盛した。

しかし、伊之助は無類の釣り道楽で、釣船屋を出すほどの気の入れようであった。

その釣船屋はとっくに潰してしまったのだが、海釣りに凝って乗った船が遭難して命からがら浜に辿《たど》り着いたり、何かと人騒がせな男でもあった。

仙次郎はそれが憎めずに、

「おもしろい男だ」

と評していたのである。

先年若くしておちかは亡くなり、伊之助は葬儀に出たものの、ちょうどその時が遭難と重なり、満身創痍《まんしんそうい》で新太ともゆっくり話せぬままに今となったそうな。

伊之助は新太との再会を喜びながら、新三と太十に自分のこれまでの人生をかいつまんで話したのである。

その話し口調といい、人情味といい、仙次郎も初めから伊之助に新太を託ければよかったのだと、新三と太十は思った。

少しばかり寂《さび》しくはあるが、ひとまずこれで新太ともお別れだと、ほっと一息ついたのであるが、

「見たところ、そのかわいい甥っ子も大変なんだろうが、叔父さんを訪ねて来た時が悪かったねえ……」

不意に庭の隅から声がした。

伊之助と共に裏庭に現れて、行方を見守っていた男が発したものであった。

この男の存在には、新三も太十も気付いてはいたのだが、料理屋の番頭が、伊之助に付いて出て来たのだと思い込んでいた。

「訪ねて来た時が悪かった……」

「どういうことです……」

新三と太十は、男をまじまじと見た。

男はなかなか恰幅《かつぷく》がよく、黒羽織を引っかけたどこかの顔役風に見える。

伊之助はたちまち決まりの悪そうな表情となって、

「新坊、ちょっとそこにおいで、小さな池に鯉《こい》がいるよ」

新太の手を引くとその場を避けるように、庭の奥の池へ連れていった。

するると男は新三と太十の傍へと寄って、

「わっしは、弥太五郎《やたごろう》というものなんだがね。この二、三日、伊之助の旦那と、ちょいと込み入った話をさせてもらっているのさ」

と、低い声で言った。

弥太五郎は駒形町界隈では人に知られた男伊達で、町内に何か揉《も》めごとが起こると、仲裁に入るという実力者である。

その弥太五郎が、伊之助の料理屋を訪れているのは、伊之助の借金の片を付けるためであった。

〝おもしろい男〟である伊之助は、料理人としての腕は一流であるし、座敷をひとつひとつ庭の中に独立させるなど、その発想は趣向に富んでいて、店を繁盛させるだけの商才も備っている。

しかし、かつて釣りに凝って死にかけたように、稼げば稼ぐだけ自分の道楽にそれを注ぎ込むという悪癖があった。

このところ凝り始めたのは鯉の養殖であった。

そもそも釣り好きの彼は、

「釣るより育てる方がおもしろい」

と、店の庭の池に鯉を飼い始めた。

これが評判を呼び、伊之助に十両の値で鯉を売ってくれと頼む人まで現れた。伊之助はすっかり気をよくして、巣鴨《すがも》にある小さな池を買い取り、そこに人まで雇って鯉の養殖を始めたが、ある日鯉が大量死して彼の目論見《もくろみ》は見事に外れた。借金してまで打ち込んだだけに、それは本業の料理屋の商いまでも圧迫して、とうとう借金取りが押し寄せる事態となってしまった。

そこで間に入ったのが弥太五郎で、何人もの金貸しの意見をまとめて、

「この先、借金をどのように片付けていくつもりなのか」

伊之助の考えを訊きに来ているというわけだ。

余計な道楽に走らぬ限り、伊之助は金を稼げる男である。

下手に追い込んで金を取り立てたとて、かえって損をする。

まず料理屋で稼げるようにしつつ、売れる物は売り、巣鴨の養殖場も処分して、伊之助には骨身を惜しまず働いてもらう――。

弥太五郎はこの数日、伊之助の許に詰めて己が意見を伝えていた。

ある程度、返済のめどが付くまでは、伊之助の体は、自分のものであって自分のものではない状態であった。

既に伊之助の女房は、亭主の変人ぶりに愛想を尽かし、随分《ずいぶん》前に彼の許から逃げ出

していた。

「そんなわけで駕籠の衆、こんな折に奴はあの子を預かれるものではねえんだ。子供一人くれえというところだが、あのめでてえ男は甥っ子かわいさに、商売そっちのけで子育てに入れ込んじまうきらいがある。すまねえが、どこか他所《よそ》へ連れていってくれねえか。わっしも借金取りの束ねを引き受けた上は、何とか埒が明くようにしてやらねえと男が立たねえのさ」

弥太五郎は、新三と太十にことを分けて話した。

庭の池の方からは、伊之助がまるで悪びれぬ様子で、

「新太、お前を見て気がついたよ、そもそも鯉は大き過ぎるんだな。大きいと飼う人も限られてくるってもんだ。ここはひとつ金魚を育ててみるとするかねえ」

新太に新たな夢を語っている。

本当に〝おもしろい男〟である。

だが、少しの間にしろ、伊之助に新太を預けるのは確かに危険であった。

「とはいっても、駕籠の衆にとっちゃあ、知ったことでもねえ話だ。わっしが伊之助の旦那と話してみて、他に好い落ち着く先がねえか考えてみよう」

弥太五郎が町の揉めごとに駆り出される理由がよくわかった。

彼の〝おもしろさ〟も生半なものではない。

四

こうなったらとことん新太にとって、よりよい落ち着き先を見つけてやる。

新三と太十は、哀れな新太を駕籠に乗せ、再び駆けた。

提灯屋とは違って、伊之助が自分に親しんでくれたからであろう。新太はこの家にも身を寄せられないと知った時、哀しそうな顔はしなかった。

いつしか新太は、新三と太十に懐いていたし、二人の駕籠に乗って町を行くことが出来るのならば、それもまた楽しいと無邪気に思ったようだ。

侠客・弥太五郎は、新三と太十を気の毒がり、

「こいつは迷惑料だと思いねえ」

と、一分《ぶ》をくれた。

駒形町から次の目的地は浅草寺の西にある、誓願寺《せいがんじ》裏であった。

そこまではほど近いので、新三と太十はさすがに恐縮したが、弥太五郎は、

「なに、この一分も伊之助旦那の借金にのせておくさ」

と、笑いとばした。

初めに訪ねた秋太郎は死んでいて、次の伊之助は借金取りに踏み込まれていた。まったくついていない話であるが、考えようによっては、伊之助の料理屋に極悪な高利貸の手先がいなくてよかったというものだ。

「まったく面目次第もない……」

伊之助は能天気な男ながらも、新太一人を預かってやれない己が不甲斐《ふがい》なさを恥じたものだが、そもそも仙次郎が提灯屋の秋太郎を頼るようにと言ったのは、伊之助は何かと危なかしいと考えていたからであろう。

そして伊之助が、

「この男なら義理堅いし、頼りになるはずですよ。何といっても、ここから近いのが好い……」

などと言って勧めたのが、音吉《おときち》という男であった。

伊之助の話では、仙次郎は深川の洲崎《すさき》の源兵衛《げんべえ》という親分の身内であるという。

弥太五郎も源兵衛の名は聞き及んでいた。

「昔気質《むかしかたぎ》の立派な親分ですぜ」

彼はそのように評しながらも、

「渡世人にはそれぞれ人に言えねえ理由があるものだ。まずそのことについては聞かなかったことにしておこう」

それ以上の話は一切しなかった。

弥太五郎が頼りにされるのは、そういうところにもあるのだろう。

音吉というのは、源兵衛の身内ではないらしい。

仙次郎が源兵衛一家の身内になる前、深川界隈で暴れている頃に兄弟の契りを交わした男であったという。

弥太五郎も一家を構えぬ男で、男伊達を買われ方々で揉めごとを収めるうちに、それが生業になってしまった。

どうやら音吉もその類であるのだろう。

伊之助が満身創痍ながらも、姉・おちかの葬儀へ行った時。

音吉は仙次郎に寄り添い、伊之助の世話もよくしてくれた。

その日、彼は客の間を駆けずり廻っていたから、あまり新太との触れ合いはなかったかもしれないが、知らぬ仲でもなかろう。

新太に訊ねると、このところは会っていないが、薄すらと覚えていると応えた。

新太は八歳だと言った。たとえ三年前であっても記憶がはっきりとしていないのも無理はないが、それでも印象に残っているのは、彼が仙次郎と親しくしていた証《あかし》と思われる。

伊之助の記憶では、葬儀の折に音吉は、

「おれも女房子供のためにまっとうな暮らしを送るつもりだ」

と仙次郎に語っていて、

「そいつはいいや。おれみてえに抜き差しならねえようになっちゃあいけねえや」

仙次郎は、音吉の意思を称えていた。

堅気にならんとしている音吉のために、仙次郎はここ数年付合いを断っていたのに違いない。

だが堅気になっても、音吉の心から男伊達は消えていまい。

仙次郎がすぐに迎えに来るというなら、まず新太を預かってくれるだろう。

「ヤッサ」

「コリャサ」

と、二人の駕籠はたちまち誓願寺裏に着いた。

ここの半兵衛《はんべえ》長屋という裏店《うらだな》に音吉は住んでいるらしい。

どこかに越していたら——。

一抹の不安はあったが、その時は大家に聞けば、転居先くらいはわかるであろう。半兵衛長屋は通りすがりの者に問えばすぐにわかった。行ってみれば、路地になかなか日が射さぬ裏店だ。道理で教えてくれた人が、きょとんとして駕籠を眺めていた理由がわかった。こんな貧乏長屋に、駕籠に乗って訪ねてくる人がいるのだろうかと不思議に思ったのであろう。

裏店に通じる露地木戸は傾きかけていて、奥からは子供の泣き声、騒ぎ声、女房達の叫ぶ者が、大合奏となって聞こえてきた。

「太十、こいつはまた賑やかなところだな」

「寂しいところよりは好いだろうよ」

ここへ駕籠で乗りつけるわけにもいくまい。

新三と太十は、駕籠を近くの木戸番屋の横に止めて、小屋で売っている草鞋《わらじ》を求めて、ちょっとの間置かせてもらうよう頼んだ。

木戸番は陽気な男で、駕籠から出てきた新太を見て、

「こいつはどこかのご落胤《らくいん》ってところかい。御駕籠は確《しか》とお預りいたしまするゆえ、若君におかれましてはごゆるりと……」

芝居がかって引き受けてくれたが、いきなり新太を連れて行くのも気が引けた。辺りはもう日も暮れかけていて、裏店にも炊《かし》ぎの煙が立つ頃だ。稼ぎに出ていた亭主達も次第に帰って来て長屋はますます賑やかになるだろう。木戸番の小屋には草団子も置いてあった。それを新太にあてがって、まず二人だけで訪ねた方がよいのではないか、そんな気がしたのである。木戸番に子守を頼むと、

「ああ、構いませんよ。そんなら若君、わたくしの城へお入りくださりませ」

木戸番は退屈していたようで、新太を構ってくれた。

新三と太十はそうして、長屋の木戸を潜った。

ほとんど日が射さぬ裏店によく見られる、なめくじが這った跡の銀色が、板壁のそこかしこで光っていた。

新三と太十は、またしても嫌な予感に襲われたが、この長屋の人情こそが、新太を温かく見守ってくれるのだと思い直し、音吉の家を井戸端でたむろする女房に訊ねた。

「音さんなら、その突き当りの家ですよ。入る時は嚙み付かれないように気をつけておくんなさいよ」

女房はニヤリと笑った。

「犬か猫でも飼っているんですかい？」

新三が訊ねると、

「犬か猫なら言わないよう。ふふふ……」

女房達は笑うばかりであった。

新三と太十が首を傾げると、路地の向こうから、

「恰好ばかりつけているんじゃあないよ！　この宿六《やどろく》が！」

猛獣の咆哮《ほうこう》のごとき女房の声が聞こえてきた。

新三と太十は、恐る恐る井戸端の女房達の方を見ると、彼女達は一斉に頷いて、

「おていさんだよ……」

「音吉さんのおかみさんさ……」

少し二人をからかうように言った。

どうやら音吉の家では今、壮絶な夫婦喧嘩が起こっているようだ。

「おていさんねえ……」

新三は引きつった笑みを浮かべて、太十と音吉の家を訪ねた。

今さら引き返すわけにはいかなかった。

九尺二間の棟割《むねわり》長屋は、どの家からも貧しさに負けぬ温かさが漂っていた。

しかし、貧しさは人の心を荒《すさ》ませ、落ち着きをなくさせる場合もある。

何としても子を守り育てていかんとする長屋の女房達は、貧しさと戦うあまりつい亭主に攻撃的になってしまう。

「やい、おてい！　お前はその場にいねえから、おれの気持ちがわからねえんだ！」

家の中から音吉の怒鳴《どな》り声が聞こえてきた。

同時に、幼児、赤児が三人ばかり泣き出した。

「あんたの気持ちなんて知るもんか！」

泣き声にかき消されぬよう、おていの声はますます大きくなる。

「どうやって親子五人、食っていくんだい！　それを知りたいよ」

子供はやはり三人いるようだ。

「この、甲斐性なしが！」

声と共に何かが音吉に投げられたようだ。

「手前、亭主に鍋を投げやがったな」

投げられたのは鉄鍋らしい。

「投げたがどうした！　煮炊きする菜が買えなきゃあ、鍋なんかただのごみじゃあないか！　そう、ごみだよ、あんたと一緒さ！」

「何だとこの尼！」

さらに大きな音がした。

これは体と体がぶつかり合った音である。

ここに至って新三と太十は中へと、とび込んだ。

戸を開けると、ちょうど夫婦が揉み合っているところであった。

意外なのは男伊達の音吉は、思ったより華奢で、女房のおていの方が骨太で大柄であったことだ。

「お止めなせえ！」

「赤児を踏みつけたら大変だ！」

新三と太十は、泣いている子供達を何度も踏みつけそうになりながら、何とか二人を引き離した。

音吉とおていは、荒い息をさせながら、止めに入ったのが見知らぬ駕籠屋であると気付き、ぽかんとした表情となり二人を見た。

五

「そうかい、そいつは大変だったねえ……」

音吉は、新三と太十から今日の経緯を聞いて、神妙に頷いた。

怒り狂っているおていに、いきなり新太を預ってもらいに来たと告げれば、さらに興奮するかもしれないと、

「音吉さんに、お客からちょっとした言伝《ことづ》てを頼まれましてねえ」

ひとまず新三がそう告げると、

「言伝て？　どんな話だろうねえ……！」

おていは、自分がいては話にもならないだろうと、ここは恥ずかしさも相俟《あいま》って、ぷいっと家を出ていった。

それはひとまず新三と太十にとってはありがたかった。

「まったく面目ねえ話だ……」

音吉はたちまち意気消沈した。

かつては仙次郎の弟分として町場では肩で風切る男だったらしいが、今は見る影も

ない。

堅気になって女房子供を、まっとうな道で養っていく。

そう心に決めて、季節の野菜を売り歩く棒手振《ぼてふり》を始めたが、先ほどの伊之助とは真逆で、彼には商才というものがなかった。

子供は毎年のように生まれ三人となったが、棒手振からは抜け出せない。

それでいて、男伊達を気取りたくなる性質は残っていて、この日は飲んだくれの父親の使いで酒屋へ行く途中、親から預かった銭を川へ落してしまったと泣いている子供と行き合い、自分の稼ぎをそっくりくれてやった。

それがおていの怒りを買い、今の強烈な夫婦喧嘩になったのだそうな。

「きっと仙次郎の兄ィも、おれを頼むに足りねえと思ったんだろうねえ……」

初めからここへ連れて来てくれたら好いものを、三下の梅吉が新太を二人に託したとは、情けなかった。

そして、何かのっぴきならないことがあって、仙次郎は新太を人に預けようとしたのであろう。

「そう考えると兄ィのことも心配だ。新太を連れてきているなら、すぐにでもここへ連れてきておくれな」

音吉は、女房の尻に敷かれている自分を恥じたのか、力強く応えたものだが、

「人様の子を預かるだって……？　そんな御身分にいつからなったんだい！」

そこへいきなりおていが入ってきた。

家を出たのはよいが、泣いている我が子を放っておけなくなったのだ。

ここまでは、男三人で子をあやしていたのだが、おていのその声で、また子供が泣き出した。

「おてい、話を聞いたならわかるだろう。兄ィがのっぴきならねえ用ができて、新太を人に預けようとしていなさるんだ」

「そのようだね」

「そのようだってことがあるかい」

「じゃあ、何と言えば好いんだい。あんたが余計な恰好をつけるから、うちの子だっておまんまの食いあげなんだよ。三人を食べさせられないってえのに、四人を食わせろって、まったくどうかしているよ」

「やかましいやい、手前、おれに恥かかせる気か！」

「仙次郎さんは、端からあんたなんかあてにしていなかったんだよ。雑魚《ざこ》は引っ込んでいりゃあ好いんだよ」

「この尼、もう勘弁ならねえ！」

一旦泣き止んだ子供達が火がついたように泣き始めた。

「もう好い加減にしなせえ！」

新三が一喝した。

いざという時は百人力の男である。

音吉とおていは、その迫力に思わず口を噤《つぐ》んだ。

「こちらさんの事情も知らずに、訪ねて参った、あっしらがいけなかったんでございます」

新三がさらに宥めるように言うと、不思議なもので、三人の子も泣き止んだ。

「とんでもねえ……。お前さん達は何も悪かねえや。なあ、おてい……」

音吉は恐る恐るおていに言った。

「そりゃあ……、誰よりも気の毒なのは、駕籠屋さんだねえ」

おていも、少し冷静になると、恥ずかしくなってきたようだ。

「いや、誰よりも気の毒なのは、新坊ですよ」

太十がぽつりと言った。

「お前さんの言う通りだな。新太をここへ連れて来てくんねえ。情けねえおれだが、女房が何と言おうが兄ィの子を……」

「いや、もう好いですよう」

新三が音吉の言葉を遮った。

「あの子はあっしらがお預かりしますよ」

「いや、それは……」

「好いんですよう。こいつはあっしが好きですることでございます」

新三の言葉に太十も、にこやかに頷いてみせた。

「どうせどこへ行ったって、新坊には馴染《なじ》みのねえところばっかりだ。そんならあっしと相棒で面倒を見てあげた方が、新坊だって気が楽ってもんだ」

新三はあやしていた赤児をおていに渡すと、

「あっしは新三。相棒は太十ってえ申します。人形町の〝駕籠留〟の駕籠舁きでございますから、仙次郎さんに会うことがあったら、確かにお預かりしておりますとお伝え下せえ。ごめんなすって……」

太十を促して長屋を出た。

さすがに気が咎《とが》め、音吉もおていも二人を呼び止めたが、一度こうと決めると二人の意思は固かった。

「気にしなさんな。あっしらは、二人とも天涯孤独の身の上でございますからねえ。誰に遠慮はいらねえんで……」

「大事ござんせんよ」

二人は言い置くと家を出て木戸を潜り、木戸番屋へ駆けつけた。

新太は木戸番と話しながらけらけらと笑っていた。

「すまなかったねえ」

「恩に着るよ」

口々に礼を言うと、

「なんの、おれもこの若君様と楽しくやっていたところさ」

木戸番は笑顔で応えて、新三と太十に新太を引き渡した。

新太は二人の顔を見ると、少し寂しそうな顔をして、

「音吉のおじさんはいたかい？　おいら……、もっとおじちゃん達と一緒にいたいなあ……」

小さな声で言った。

新三と太十は刻が止まったかのような心地がした。

「そうかい……そう思ってくれるのかい……」

「よし！　おじちゃん達と一緒にいよう」

二人は泣けてきて泣けてきて、思わず言葉を詰らせた。

「ほんとかい？」

ぱっと目を輝かせる新太のあどけない顔を見ると、二人の目からはどっと涙がこぼれ落ちたのである。

六

新三と太十は、新太を一旦〝駕籠留〟に連れ帰ろうと、その道中に両国広小路《りょうごくひろこうじ》に立ち寄って、三人で屋台そばを食べた。

「おじちゃん達は、おいらをつれて帰ってこまらないかい？」

一緒にいたいと言いつつ、二人を気遣う新太は、あれこれ世間を見てきたのであろう。

そばの温かさが小さな胸を痛めたらしい。

「困りはしねえさ。言っておくが、おれ達だって新坊と一緒にいてえのさ。なあ、太十」

「ああ、だから何も遠慮はいらねえんだよ」

新太はにこやかに頷くと、懐の内に括《くく》りつけてあった胴巻を取り出して、

「ここにお金なら少しはいっているよ。これ、使っておくれ」

と、二人に見せた。

仙次郎に言われて梅吉が持たせたのであろう。

新三と太十は首を振って、

「そいつはいざという時のためにしまっておきな」

「お前一人くらいなんとでもなるよ。見くびっちゃあいけねえよ」

こともなげに笑ってみせた。

「お父っさんは旅に出ていなすったのかい？」

新三が訊ねた。

思えば新太の事情について、まだよく知らなかった。

「うん。用があって旅に……。おっ母さんは死んじまったから、梅吉おじさんがおいらといてくれたんだよ」

子供のことであるから、仙次郎は詳しい事情は話していなかったのだろう。

だがこれまでのところでわかったのは、新太の父親である仙次郎は、洲崎の源兵衛

という親分の身内で、それなりの顔である。

自分自身、梅吉という乾分を持ち、女房子供と暮らしていたが、先年女房を亡くした。

この度は源兵衛から用を言い付けられて旅に出ることになり、留守を梅吉に託した。

そして旅から帰ってきて、何か騒動に巻き込まれた。

梅吉に新太を預け、どこか安全なところへ行かせようと思ったが、それにはどうも梅吉は心もとない。

それはあの新太を託した時の落ち着きのなさでわかる。

子供を抱えてうまく身を隠すだけの才覚があるかを疑ったのだろう。

提灯屋の秋太郎であれば、仙次郎が新太を預ける意味を悟って、新太の面倒をそっと見てくれるはずだ――。

そう考えたのに違いない。

「それで新坊。お父っさんは江戸に戻っているのかい？」

新三の問いに新太は首を傾げて、

「かえっているみたいなんだけど……」

昨夜、仙次郎は遅くに帰ってきて、寝ている新太を起こすことなく、梅吉にあれこれ言い付けると再び出かけてしまったらしい。

「そうかい。そんならすぐに迎えに来てくれるさ」

「こういう時は、大人しくしていなけりゃあいけねえなあ」

「おじさん達がこの駕籠を借りているのは〝駕籠留〟ていうところで、皆好い人ばかりなんだよ」

「このかごは、おじさん達のものじゃあないのかい」

「ああ、こいつは借り物だ」

「留五郎って親方に、借り賃を払って使わせてもらっているのさ」

「おやかたは、いい人かい？」

「ああ、とっても好い人だよ」

新三は新太の頭を撫でながら、

「おじさん達は、好い人に出会って、それで助けてもらって、今こうして新坊といるのさ」

ほのぼのとした口調で言った。

「だから大人になって、おいらを助けてくれようとしているのかい？」

「ははは、まあ、そんなところだ。おじさんも太十も、貧乏な百姓の子に生まれてなあ……」

新三は、滅多に人に話さぬ昔話を、新太にぽつりぽつりと話してやった。

詳しく話したとて、まだ今の新太にはわからないだろうから、ごくかいつまんで話したのだが、二人は今、昔を回想したい気分になっていた。

「おじさん達は二人共、まだ小さい時に親が死んじまってなあ。それで、あっちへ預けられ、こっちへ預けられ……、その頃は田も畑も不作続きだから、お前も一緒に死んじまえばよかったんだ、なんて言われていじめられたものさ」

同じ境遇の二人は、傷をなめ合うように仲よくなり、何かというと今の暮らしから逃げ出したいと語り合い、とうとう二人で村を出てしまった。

「新坊よりもう少し大きかった頃だったかなあ……」

「そうだったの？」

新太は目を丸くした。

「とんでもねえ子供だろ。だが、何も考えられないから、恐いものもなかったんだろうなあ」

「子どもだけで遠くへ行っちゃあ、悪いやつにつかまって、どこかに売られてしまうって、お父っさんは言っているよ」

「ああ、そんなことを教えてくれる人もいなかったから、いきなりとび出して、悪い人達に連れて行かれそうになったよ」

「そこを助けてもらったんだね」

「ああ、強い人にねえ」

新三と太十が生まれた奥州《おうしゅう》の村は、凶作続きであった。

親に逸れた貧しい水呑み百姓の子供は、どこへ行っても厄介者扱いされた上に、容赦なくこき使われるものだ。

貧しさと飢えは、人を残酷な生き物に変えてしまう。

——こんな暮らしを送るなら死んだ方がましだ。

新三と太十には、そういう反骨の精神があった。そして一緒に死ねる友がいた。

二人は示し合わせて、養家から食べられる物を奪って村から逃げた。

その時は、恐さよりも二人でまだ見ぬところへ逃げ出すことの楽しさが勝ったのだが、群れを離れた小鹿は、たちまち狼《おおかみ》の餌食《えじき》になるのは目に見えていた。

二人を逃散《ちょうさん》百姓の子供と見た人攫いが、捕えてどこかへ売りとばそうとしたのだが、悪漢四人から逃げる新三と太十を、通りすがりの男が救ってくれた。

「それは強いお人でなあ」

と語るに止めたが、その強い人は西村七左衛門《にしむらしちざえもん》という願立流《がんりゅうりゅう》を修めた旅の武芸者であった。

七左衛門は親の代からの浪人で、奥州仙台《せんだい》城下に住み、仕官を求めた父の下、この地にあって願立流を学んだ。

彼の剣の腕は素晴らしいもので、誰もが七左衛門に一目置いた。

七左衛門は、父に死別した後は己が剣を求めて諸国行脚を思い立った。

仕官のための剣技上達よりも、とことん剣を追究したくなったのである。

七左衛門は、悪漢四人の片足をあっという間に峰打ちに砕いてしまい、もう二度と子供を追いかけることが出来なくしてしまった。

その上で二人を弟子として連れ歩き、武芸を教えてくれたのであった。

七左衛門は、なまじ武芸をかじっている者ではなく、まだまったく手垢《てあか》のついていない子供の二人に、いちから武芸を教えることに喜びを見出したのだ。

二人は七左衛門のお蔭で命長らえ、武芸の腕を得て、七左衛門と死別した後、紆余《うよ》曲折《きょくせつ》を経て駕籠舁きになる。

いったい何がどうなって今に至ったかは、新太に伝えるには余りにも入り組んだ話

なので、そこまではしなかったが、

「その強いお人に助けてもらったから、こうして今は駕籠屋になれたのさ。駕籠舁きなんて大したものじゃあねえと笑う人もいるかもしれないが、おれ達は楽しく暮らしているよ。だから新坊を助けるのはその人への恩返しだ。新坊も大きくなって、困っている子供を見たら助けてやるんだぜ」

そのように話を締め括った。

新太は自分よりもはるかに辛い子供時代を送ったという新三と太十の話に元気付けられて、

「うん、きっと助けるよ」

力強く応えた。

「よし、それでこそ男だ！」

新三と太十も大きく頷いた。

二人は話すうちに、自分達を地獄から救ってくれた、西村七左衛門への感謝と恩返しを改めて誓ったのである。

七

人形町の〝駕籠留〟に戻ると、すっかり日も暮れていた。

新太は、新三と太十に安心を覚えたのであろう。

垂れを上げると駕籠の中で寝てしまっていた。

「あら？　かわいいお客だねえ」

この家に小さな子供は珍しく、お龍がたちまち寄ってきた。

太十がそっと新太を抱きあげると、

「奥へ寝かせてあげなよ」

お鷹も出てきて顔を綻ばせた。

「申し訳ねえが、そうさせてやっておくんなせえ」

新三は半被《はっぴ》を脱ぐと、太十が土間の向こうの座敷にそっと寝かした新太に掛けてやろうとした。

「そんな汗と埃《ほこり》まみれのものを掛けちゃあいけないよ」

それをお龍が咎めて、自分の半纏を掛けてやった。

疲れたのであろう。新太はちょっとやそっとでは起きぬ様子で、小さな寝息をたてている。

お鷹は、顔をほのぼのとさせて、

「好いねえ……。子供の寝顔というのは、見ていて飽きないよ」

小さな声で言った。

新三と太十は、再び胸が熱くなってきた。

日頃は男勝りで、荒くれの駕籠舁き達を叱咤《しった》する姉妹ではあるが、いきなり子供を連れ帰ったというのに理由も訊かず、まずこのように寝かせて情を注ぐ。

自分達は好い駕籠屋に身を置くことが出来たと、思い知らされるではないか。

「本当だねえ、いつまでも見ていたいよ……」

お龍が続けた。

新三と太十は顔を見合った。

あの時、西村七左衛門は旅の宿で、自分に縋《すが》り安心を得て、すやすやと眠る新三と太十の寝顔を眺めながら、そのように思ってくれたのであろうか。

同時にそんな想いが頭を過《よぎ》る。

そこへ、店で待機していた駕籠舁きの半六《はんろく》、勘太《かんた》も笑顔でやって来て、

「おれも駕籠を舁くのが辛い時もあるけどよう。これで元気が出るんだよ」

「ああ、おれも同じさ……」

新太見物に加ったが、

「うるさくしたら起きてしまうだろう」

すぐにお龍に追い払われた。

その間合を計っていたかのように親分の留五郎が奥から出て来て、

「新さん、太ァさん、今日は色々あったようだねえ」

と、長火鉢の前に座った。

これでゆったりとして、今日の出来事を話せるというものだ。

留五郎、お龍、お鷹に加えて、客待ちの半六、勘太も、話を一通り聞き終えると、眠る新太を気遣いつつ、声を押し殺すようにして笑った。

新三と太十が困りつつも新太を捨て置けなくなるまでの様子が、手に取るようにわかったからだ。

新三と太十も、ここに至っては、すべてがおかしく思えてくる。

提灯屋の秋太郎の死は残念であるが、訪ねた相手が亡くなっていたところから始まり、料理屋の伊之助と侠客・弥太五郎のどこか憎めない借金話。

そして極め付は長屋の夫婦喧嘩。

世知辛いところもあるが、その過程で子供が誰よりも駕籠舁きに懐き、遂には二人が自分達で預かると見得を切り、駕籠に乗せて連れて帰るとは、近頃実に爽快な話ではないか。

「さすが、新さんと太ァさんだ。よく連れ帰ってくれたぜ」

留五郎は相好《そうごう》を崩して、

「なに、二人で預かろうなんて思うこたあねえや、この子は〝駕籠留〟の子として育てようじゃあねえか」

胸を叩いたものだ。

お龍とお鷹は二人共相槌《あいづち》を打ったが、

「お父っさん、〝駕籠留〟の子というのは言い過ぎだよ」

「仙次郎さんは、この子を迎えに来るつもりなんでしょう」

と、留五郎を窘《たしな》め、新三と太十を見た。

「きっと迎えに来ると、あっしは信じておりやす」

新三はきっぱりと言ったが、

「だが、仙次郎ってえのは渡世人なんだろう。この子をそんな風に人に預けようとしたのには、深い理由があるはずだぜ」

留五郎は、しかつめらしい顔をした。

何かをしでかして、命を狙われる身ではないのか。

そうなると、すぐに迎えに行くといっても、容易いものではない。

「このまま、姿を現さねえってことも考えられらあな」

音吉には、〝駕籠留〟の駕籠舁きであるとは伝えてきた。

仙次郎は、提灯屋、料理屋を辿れば、新太がここにいるとわかるはずではあるが、果してそれまで無事でいられるであろうか。

また、仙次郎を狙う連中が、新太を奪いに来ないとも限らない。

そうなった時は、こっちもしかるべき筋に話を通し、この子は〝駕籠留〟の縁者であると、新太の名を変えてでも言い張らねばならない。

留五郎はそこまで考えて胸を叩いたのであった。

新太を預かる危険は、新三と太十にもわかっている。

「決してこちらには迷惑をかけませんので、音吉さんの家で〝駕籠留〟の名を出したことは、どうか許してやってください」

そう言うつもりが、留五郎に先を越されたというところであった。

とはいえ、仙次郎を狙う者がいたとしても、今は女房に頭の上がらない棒手振となった音吉の許を誰も訪ねはしないだろう。

音吉もそこは男だ。もし人に問われても、新太が〝駕籠留〟にいるはずだなどとは、仙次郎以外の者に言うはずもない。

「この子はここに置いておくとして、とにかく、仙次郎って男が今どうしているか、それが心配だなあ」

と、留五郎は腕組みをしてみせた。

「真に厄介をかけちまいまして申し訳ございません」

新三は太十と頭を下げた。

人情に厚く頼りになる親方だと思っていたが、こんなことなら秋太郎が亡くなっていたとわかった時点で、新太を連れて帰ればよかったのだ――。

「いやいや、新さんと太ァさんがしっかりしているから、こっちも気軽に預かれるってもんだ。おまけに、いつまでたっても孫に恵まれねえおれだから、こんな子がいてくれると楽しくなってくるぜ」

留五郎はニヤリと笑って、お龍とお鷹を見廻したものだ。

お龍とお鷹は痛いところを突かれたと、苦笑いを浮かべて、

「孫がお望みならいつでも連れて帰ってあげるよ」

「でもさあ、二人共嫁に行っちまったら、寂しいんじゃあないのかい」

と、やり返した。

「何を言ってやがんでえ。そんならどっちかが婿を取り、どっちかが他所へ嫁ぎゃあいいことじゃあねえか」

「なるほど婿ねえ……」

「口うるさい舅《しゆうと》のいる家に、来てくれる婿がいるかねえ」

「やかましい！　そんなだから嫁のもらい手がねえんだよ！」

「ちょっとお父っさん……」

「声がでかいよう……」

確かに留五郎の声はいつも大きい。

何か恐い夢でも見ていたのか、新太がむくりと起き上がった。

はっとして一同が、新太を見つめると、

——この人たちが、〝いい人たち〟なんだ。

いつしか眠ってしまっていたことに気付き、新太は満面に笑みを湛《たた》えた。

その、何のまじり気もない愛らしい顔に、大人達の顔は一斉にでれでれと締まりがなくなったのである。

八

「ちょいとお鷹、あんたかい？　新坊に勝手にお団子をあげたのは」

お龍がしかめっ面をした。

「いけなかったかい？」

お鷹がふふふと笑った。

「余計なことをしなくても、新坊にはあたしがお饅頭を用意してあったんだよ」

「じゃあそれもあげたら？」

「おいしさが半分になっちまうだろ」

「ふふふ……」

「何がおかしいんだい？」

「自分だけ、好いおばさんでいようと思ったってそうはいかないよ」

「おばさんだって？　あたしは好いお姉さんだよ！」

翌日から、お龍とお鷹は競うようにして新太の面倒を見始めた。

新三と太十は〝駕籠留〟の裏手にある長屋でそれぞれ暮らしている。

そのどちらかの家で新太を寝泊まりさせればよいのだが、留五郎は、

「それじゃあ、二人が駕籠を担いでいる間はどうするんだ。ここにおいておきな」

と勧めた。

人の出入りが多い駕籠屋で面倒を見てやる方が何かとよいというのだ。

新三と太十は、しばらくは仕事を休んで新太の傍に付いていようかと思ったが、

「そんなことをすりゃあ、この子も気を遣うだろうよ。いつもと同じ二人でいる方が好いってもんだ」

と、留五郎は言う。

お龍とお鷹は、こんな時のために行き遅れているのだ——。

日々荒くれを束ねている姉妹のことだ。子供一人が増えたとて、かえって楽しみが出来てよいと笑いとばしたのである。

姉妹もまた、眠ってしまっていた母性がくすぐられたのであろうか。

「新さん、太ァさん、あたしに任せておくれよ」

「まあ、とどのつまりはわたしが面倒見ることになると思うけどね」

初めから姉妹は対抗意識むき出しであった。

留五郎は、姉妹が競うことで新太の安全をより確保出来ると踏んでいた。

しっかり者の娘二人に支えられている、何かと不器用な親方。

日頃はそんな風に人から見られている留五郎であるが、その実押さえるところは押さえている、したたかな一面がある。

母親と死別してから二年になるという新太は、強烈な個性を発散するお龍とお鷹に困惑しつつも、二人の好意を素直に受けとめていた。

信頼する新三と太十からは、

「新坊、おじちゃん達がいねえ間は、お龍さんとお鷹さんに引っついて、二人の手伝いをしていりゃあ好いよ」

「あの姉さん達は、いささかありがた迷惑なところがあるが、黙って言うことを聞いておけばいいいさ」

と、言われていた。

新三と太十は、自分と同じ年頃で家をとび出したのだ。

その苦労を思うと、自分の不安や寂しさなどはたかがしれている。

新太はそんな風に物ごとを考えられる子供であった。

駕籠の掃除や、店の片付け、おさんどんの手伝いを健気にこなす新太は、たちまち姉妹の心を捉えたのである。

「お龍、お鷹、お前らは新太かわいさに、あんまり引き廻すんじゃあねえぜ。しばらくの間は世間に目立たねえよう、そっと匿《かくま》うつもりでいろ」

非常時の留五郎は、真に冴《さ》えている。

要所で的確な指図を受け、お龍とお鷹は父親を見直す想いであった。

新三と太十は、お蔭でいつもの暮らしが出来たが、駕籠屋に新太がいると思うと、そわそわして落ち着かなかった。

辻駕籠として町を流すのを止めて、宿《やど》駕籠の駕籠舁きとして〝駕籠留〟に詰めていようか。

そうすれば、新太を少しでも見ていてやれる。

だがそうすれば、ひっきりなしに客が付くかもしれず、かえって一日中新太とは別れていなければならないかもしれない。

結局、新三と太十は人形町の周りを流し、何かというと駕籠屋を覗き、

「新坊、どうだい？」

「変わったことはなかったかい」

と、声をかけたくなるので、仕事に集中出来なかった。

「太十、子供を持つ男ってえのは、皆こんなものかねえ」

「いや、毎日こんな気持ちなんだろうが、そこを女房にうまく窘められて、稼ぎに出るんじゃあねえのかい」

「なるほど、女房がいるから落ち着いていられるのか。太十、お前は好いことを言うねえ……」

そんな話をしつつ、さっさと仕事を切り上げて駕籠屋へ戻る二人であった。

しばらくの間は、〝駕籠留〟に新太と一緒に寝起きしてやればよいと留五郎に勧められ、そうすることにしたのだ。

留五郎は楽しそうであった。

お気に入りの新三と太十が家にいて、そこに幼《いた》いけな新太がいる。

健気に家事を手伝う新太にめろめろになっているお龍とお鷹が三人の世話を焼く。

口に出すと娘二人が騒ぎ立てるから黙っているが、

――娘夫婦と孫に囲まれて暮らしているような気がするぜ。

留五郎は心の内でそう叫んでいた。

立派な父親を差し置いて、自分は孫に男の心得や生き方を説く。

それを娘に叱りつけられる。

「女は引っ込んでやがれ……」

強がってみせる。

そんな夕餉《ゆうげ》の一時が、毎日のように続いてくれたらどれだけ幸せであろうか。

女房に先立たれた今、留五郎の胸にそんなささやかな望みが浮かんでは消えていた。

そして何よりも、男勝りの娘二人に、子を慈む母性が備っていたことがわかったのは嬉しかった。

一人が婿を取り、一人が嫁ぐ――。

これが留五郎の真の望みであるのだ。

肉親に恵まれぬ新三と太十も、男の安定や幸せというのはこういうものなのかと、考えさせられた。

江戸の隅々までを知り尽くし、いつか自分達の望みを遂げたい――。

同じ想いでここまできたが、心の内はからからに渇いていたのかもしれない。

新太を守ってやることで得られる幸せは、その渇きを潤さんとする欲求が働いたのではなかったたか。

そうして新太が〝駕籠留〟に来てから二日が経ったが、仙次郎は現れなかった。

留五郎も、お龍、お鷹姉妹も、もうこのまま〝駕籠留〟の子でいたってよいのではないかと新太をかわいがったが、新三と太十は日毎に不安が募った。

人への同情や、やさしさから生まれる幸せなどは、きっとそのうち飽きるのではないだろうか。

思えば新太への情は飼い犬や猫に対するそれと、同じものかもしれない。

新太とて、ここにいると父に逸れた不安や悲哀からは逃れられるが、少し時が経てば父親が恋しくなるに違いない。

本来、〝駕籠留〟にいてはならない者がいる。

自分達は新太を仙次郎の手に戻すことに情熱を注ぐべきであろう。

「太十、仙次郎さんがどうしているか、早く確めねえとなあ……」

「おれも同じことを考えていたよ。無事なら新太を少しでも早く連れていってもらわねえと、こっちは別れが辛くなる」

「まったくだ。よし、今日は音吉さんの家へ行ってみるか」

「そうだな。仙次郎さんが訪ねているかもしれねえからな」

こうして二人は、待つのではなく自分から仙次郎の姿を求めるべきだと、互いの意見を確かめ合って、

「とにかく、浅草誓願寺裏へ行ってみるか」

「そうしよう」

その日は朝から駕籠に垂れを下ろし、浅草御門《ごもん》へと向かったのだが、浜町河岸《はまちょうがし》に出た辺りで誰かに跡をつけられていることに気付いた。

「新三、ちょいと気になるな」

後棒の太十が言葉に意味を含めて言った。

「ああ、おれも気付いていたよ」

新三はこともなげに応えると、

「ちょいと汗を拭《ふ》こうか……」

と、二人で板塀に囲まれた路地に駕籠を止めて、先ほどから駕籠を窺っていた男に声をかけてみた。

「ちょいと旦那、乗ってやってはくれませんかい」

男は気付かれていたと悟ったか、

「いや、垂れが下りているんで、人が乗っているのかと思ってねえ」

明るく応えると注意深く二人へと寄ってきた。

職人風に見えるが、菅笠《すげがさ》を被っていて面相はよくわからない。

男は傍に寄ると、

「新三さんと、太十さんですね……」

低い声で言った。

「話は音吉から聞きました。まったく何と言っていいやら、恩に着ます……。仙次郎でございます……」

笠を取ったその顔は、新太と真によく似ていた。

九

仙次郎は、それから道中手形を見せ、仙次郎しか知り得ぬと思われる話をした上で、自分の身を証明すると、新三と太十の駕籠に乗り、元柳橋《もとやなぎばし》を渡った大川端で一旦止めさせた。

そこは武家屋敷が続く道で、人通りも少なく、かつ見通しがよい。

誰が近付いているかわかり易いところであった。

仙次郎がいかに用心深く、かつ思慮深いかが窺われる。

いきなり〝駕籠留〟を訪ねなかったのも、どこかで見張られていてはいけないと思い、少し離れたところから、新太の無事を確かめ新三と太十らしき駕籠舁きが出てくるのを待ち受けていたのだという。

仙次郎は垂れを下ろした駕籠の中にいたままこれまでの経緯を打ち明けた。

提灯屋、料理屋、貧乏長屋の順に、彼はそっと、新太の様子を見に行った。

すぐに新太を連れて行けない事情があり、ひとまずそれを伝えたいと思ったからだ。

日頃から身内については、源兵衛にさえ語らなかったゆえ、幸いにも誰の手も及んでいなかった。

しかし、とどのつまり新太は駕籠舁きが連れて帰ったという。

話を聞いた誰もが、駕籠舁き二人が好い男だったと称えたので、

──近頃そんな人情に厚い駕籠舁きがいたのか。

仙次郎は感動を禁じ得ず、かつての弟分の音吉には、

「もうお前には関わらねえから、女房子供をかわいがってやってくんな」

と言い置き、迷惑料に二両ばかり渡して、〝駕籠留〟を求めて人形町まで足を運んだのだ。

音吉は、かつての威勢も消え失せていたが、駕籠屋が新太を連れていったという話

は、

「口が裂けたって言いませんや。貧乏な棒手振をしていても、あっしも男ですからねえ……」

かつての凄みを取り戻したかのように誓ったものだ。

「それで、いってえ旦那の身に何が起こったんです？」

新三は訊ねずにはいられなかった。

仙次郎は駕籠の中でしばし沈黙した。

言えば少なからず、この善良な二人を巻き込むかもしれない。

また、自分が世話になった洲崎の源兵衛親分の恥をさらすことにもなる。

渡世人の抱える問題は、表沙汰に出来ないものがほとんどである。

とはいえ、

「何も訊かずに、黙って倅を預ってやっておくんなさい」

などと都合の好いことは言えない。

そんな仙次郎の葛藤がわからぬ新三ではない。

「旦那、ちょっとやそっとで驚いたり、尻込みをするあっしらではありやせんよ。そんなことなら端から新坊を連れて帰りませんや……」

ゆったりと言葉に力を込めて、駕籠の外から声をかけたものだ。

「ははは、違えねえや。焦《じ》らすつもりはなかったんだが、こうなったら何もかもお話しいたしましょう」

すぐに駕籠の中から、仙次郎の声が返ってきた。

「ちょっと前に、先代の親分の法要があって、方々から供養の品が届けられやしてねえ……」

源兵衛は二年前から胸に病いを抱えていて、本来ならば一軒一軒自分で廻って礼を言いたいところだがそうもいかず、

「おれが親分に代わって挨拶《あいさつ》廻りをすることになった……」

行く先には関東《かんとう》の親分衆もいて、十日ばかり江戸を離れねばならなかった。

それで、仙次郎は家にいて新太の世話をしている乾分の梅吉に留守を任せ、いよいよ旅発とうとした時、一家の弟分である勘助《かんすけ》が、

「兄ィ、帰ったらまずおれの家に寄ってくれねえか。話してえことがあるんだ」

と告げた。

思いつめた様子が気になって、何ごとか訊ねると、

「おれは近頃、どうも彦蔵《ひこぞう》の兄ィが信じられねえんだ」

と、勘助は言う。

彦蔵というのは、源兵衛一家の古参の乾分で、仙次郎の兄貴分になる。

所帯を持っていないので、洲崎の源兵衛の家に、乾分達と共に暮らしている。

自分は古参なのに仙次郎ばかりが重用されることに恨みを抱いていたのだが、表にはそれを見せず、

「親分は、おれがしっかりと支えるから、仙次郎や勘助は、親分の言い付けを守って、外廻りのことなどは頼んだぜ」

などと殊勝なことを言っていた。

だがその陰で、彦蔵は親分の傍にいるのをよいことに、勝手な振舞をするようになっていた。

仙次郎もそれには気付いていたが、それほど腹の据った俠客でもないし、自分ばかりが親分に気に入られているので、

「兄ィもやり切れねえんだろう。まあ、根は気の好い人なんだ。その辺りは目を瞑っていようじゃあねえか」

と、勘助を宥めていたところであった。

しかし勘助は、仙次郎が旅に出ている間に、彦蔵は何をしでかすかわからないと見

ていて、旅から帰るはずの日の前夜に、会っておきたいと言うのである。

勘助は彦蔵をまるで信用していなかったから、仙次郎の留守中に彦蔵の監視《かんし》をしておくつもりであった。

「勘助、お前の気持ちはわかるが、彦蔵はおれ達の兄貴分だ。そこはまあことを荒だてねえようにな」

仙次郎はそう言い置いて旅に出た。

そして、親分に帰ると伝えてあった前の日に、勘助の家をそっと訪ねたのである。

勘助は独り者で、源兵衛の家に住んでいたのだが、源兵衛に、

「お前も好い顔になってきたんだ。おれんところの近くに住まいを構えて独り立ちするが好いや。まあ、日に一度は顔を出してくんな」

と言われて、近くの裏店に己が住まいを構えていた。

源兵衛は、恐らく彦蔵にそのように吹き込まれたのであろう。

弟分のことを考える人の好い兄貴分を装い、その実目障りな勘助を傍から遠ざけたと言えよう。

ともかく仙次郎は密かに勘助の家を訪ねたのだが、その夜、勘助の家には先客がいて、何やら争っている様子が窺われた。

慌ててとび込むと、頬被りをした男が三人いて、一人が勘助に匕首を突きつけ、他の二人は部屋を物色していた。

「何だお前らは！」

仙次郎は腕っ節は誰にも負けない。

旅の帰りで腰には道中差があった。それをやにわに抜くと、匕首を突きつけている一人の利き腕を斬り、返す刀で一人の背中を斬りつけた。

三人は慌ててその場から逃げ去ったが、勘助は虫の息である。

「しっかりしろ……。いってえ何が……」

仙次郎が問うと、

「兄ィ……、行李《こうり》の中に書付が……」

勘助はそれだけを告げるとこと切れた。

部屋は暗かったが、火鉢の火で行灯《あんどん》を点《とも》し、行李を探ると、底から書付が出てきた。

しかしその時、異変に気付いた近くの住民が、血まみれの勘助と、血塗られた道中差を傍に置いた仙次郎を認めて騒ぎ出した。

仙次郎は書付を懐にしまい、刀を鞘《さや》に納めると、慌ててその場から逃げ去ったのである。

勘助を襲った男達の顔は暗くてよくわからなかったが、連中は源兵衛一家の身内だと仙次郎は勘付いた。

それゆえ、まず自分の家へと駆け、梅吉にすぐにここを出て、明朝、新太だけを本所石原町の提灯屋、秋太郎に預けてくれるよう指図して、自分はそのまま姿をくらませたのだ。

親分の許には、明日帰参の挨拶に出向くことになっていたから、自分はまだ江戸にいないものだとされている。

それでも先ほどの連中は、暗がりの中助けに入ったのは仙次郎に違いないとわかったはずだ。

手傷を負わせてやったから、すぐに仙次郎の家を荒しにはこないであろう。

ここは、ばらばらに姿を隠した方がよいと仙次郎は咄嗟に考えたのだ。

「で、その書付は……？」

新三は駕籠の中に届くぎりぎりの声で訊ねた。

「彦蔵が親分の印判を勝手に使って金を借りた証文と、その金で抜荷の品を買った受け取りだったよ……」

つまり彦蔵は、源兵衛の傍にいるのをよいことに源兵衛名義で禁制品の売買をしていたのだ。

金さえ入れば借金も消すことが出来る。

誰が不平を言うわけでもないから、源兵衛の知らぬまま、闇取引が行われていたわけだ。

勘助はそれに気付いて、仙次郎が源兵衛に旅の報告をする際に、源兵衛にその証拠を突きつけてもらおうと画策したのだ。

しかし、彦蔵はそれに気付いて勘助を襲った。その際思わぬ邪魔が入り、証拠の品を奪われてしまった。

彦蔵はすぐに仙次郎の仕業と気付いたが、表沙汰にはせず役人には喧嘩沙汰が高じて、恨みを買った勘助が何者かに襲われたと申し出た。

その上で、源兵衛には仙次郎の仕業に違いないと、殺害現場を見た者が語った特徴などを言い立てて、そう思い込ませた。

役人が仙次郎を捕えて、件の書付が出てくると彦蔵も工合が悪い。証文のひとつには彦蔵の裏書きが認《したた》められていた。

「親分、身内の恥をさらす前に、仙次郎の野郎をそっと始末するに限りますぜ」

源兵衛は、目をかけてきた仙次郎が、勘助を殺すなどとは思いもしなかったであろうが、自分に旅の報告をするはずの前日に密かに仙次郎は江戸に戻っていた。

また、勘助を殺した三人は彦蔵の悪事に加担している源兵衛一家の身内で、勘助と一緒にいるところを、

「仙次郎兄ィにいきなり斬りつけられやした」

口々に言い立てると、源兵衛も彦蔵の言うことを信じてしまったのであろう。

このところは気力と体力が落ちている。

「彦蔵、お前に預けよう。思うように始末をつけてくんな」

そのように言ったのに違いない。

「で、旦那は追われているってわけで」

新三が問うた。

「ああ、彦蔵の奴、躍起になっておれを捜してやがる」

何とか梅吉が新太を逃がしてくれたのが救いであると仙次郎は言った。

「だが、いつまでも逃げているわけには……」

太十が唸《うな》った。

「ああ、幸いこっちには彦蔵の悪事の証拠がある。これを何としてでも親分の目に入

れるつもりさ」

新三は太十と顔を見合せると、

「だが、親分の周りはその彦蔵が固めているんでしょうよ。うっかり近寄れば、親分を殺しに来たと難癖をつけられて殺されますぜ」

「そうなるだろうな」

「誰かにその証拠の書付を見てもらって、親分と会えるよう繋いでもらったらどうです」

「そいつはできねえな」

そんなことをすれば、彦蔵の悪巧みを暴けても、源兵衛の責めも免れない。

役人には口が裂けても言えないし、同業の顔役に頼めば源兵衛が見くびられるだろうし、秘事を握られた上での借りが出来る。

それは源兵衛一家の破滅に繋がるであろう。

何も聞かず、仙次郎のために一肌脱ぎ、書付の内容は知らぬまま、一肌脱いだことさえ忘れてしまう――。

そんな侠客がいるとは思えぬのが仙次郎の信条である。そして彦蔵は仙次郎の人となりを熟知している。

仙次郎が取るべき一手は、書付を手に源兵衛に会う。これしかないと察して、源兵衛の身の周りを固め、仙次郎の周辺には、

「奴は親分を裏切った、渡世人の風上にもおけねえ奴だ」

と吹聴し、仙次郎を孤立させているのだ。

「だが、親分と会う手立がまるでねえわけじゃあねえ」

「とは言っても、危ねえ橋を渡らねえといけねえんでしょう」

「ああ、それが渡世人の辛《つれ》えところさ。どうせやくざは一天地六……、目の出る方へ転がるだけさ。とはいえ、賽《さい》を振る前に新太に会いてえや……」

駕籠の中から仙次郎の振り絞るような声が聞こえてきた。

十

その夜。

「そうかい、何もかも話したかい。新さんと太ァさんは不思議な男だなあ」

新三と太十は、留五郎とお龍、お鷹姉妹にだけは、仙次郎との出会いについて話した。

新太は奥の一間で眠っていた。

姉妹に構ってもらって楽しく暮らした一日であったが、眠りにつくと行方知れずの父親が案じられるのであろう。

仙次郎を夢に見て、〝お父っさん〟と、寝言を呟《つぶや》いていた。

それに〝駕籠留父娘〟は胸を痛めていたから、新三と太十の報せにひとまずほっとしたが、仙次郎が置かれている立場が、あまりにも心苦しかった。

仙次郎は、源兵衛が毎月欠かさぬ先代の月命日の墓参を狙うつもりであった。

外ならば、源兵衛の周りに隙も生まれるであろう。彦蔵に襲いかかり、こ奴を質に取って親分に訴えることも出来るかもしれない。

墓所なら人気《ひとけ》もなく騒動にもなるまい。

その命日は明後日。

仙次郎は命をかけているから、ことに及ぶ前に、新太と会っておきたいと言った。

その際、新太にはまた少しの間、旅に出るかもしれないので、待っていてくれと言うつもりだと――。

新三と太十は、仙次郎の潜伏先である亀戸村《かめいどむら》の出作り小屋に新太を連れて行くと約し、仙次郎を駕籠でそこまで送り、〝駕籠留〟に戻ってきたのである。

新太をそっと会わすのはよいが、それも危険である。

新三と太十は、仙次郎が確実に源兵衛と会える方策を考えた方がよいのではないかと、〝駕籠留〟に戻る道中話し合った。

仙次郎は渡世人としては立派である。

親分を思い、一家を思い、現状で自分に助っ人する者はいないと達観し、それなら墓参の場で決着をつけようと考えている。

要は仙次郎が源兵衛と接触を果し、件の書付を見せ、彦蔵の悪事を明らかにすればよいのだ。

彦蔵も当然、墓参に仙次郎が現れると警戒しているであろう。

源兵衛を守るという名目で、腕の立つ用心棒の一人も雇っているかもしれない。

それならば、自分達二人が仙次郎に加勢して露払いをすればよかろう。

新三と太十には、西村七左衛門が仕込んでくれた武芸が身に備わっている。

その武芸を人目にさらすことは極力避けてきた。駕籠舁きとなって江戸中を知り尽くし、ここぞというところでこの腕を発揮する。

その〝ここぞ〟は、知る人ぞ知る、彼らの遂げるべき本望である。

だが、この戦いには新太の将来も絡んでくる。

そして、新太の父・仙次郎は、間違ったことはしていない。

「親方、あっしと太十で仙次郎さんの助っ人を務めようかと思っております」

新三は留五郎に想いを告げた。

「えらい！　さすがは新さんと太ァさんだ」

「それでこそ男だよ」

お龍とお鷹は興奮して二人を称えた。

「ちょっと静かにしねえか……！」

留五郎がきつく窘めた。

お龍とお鷹は新三と太十の真の姿は知らないが、この親方は、彼らの強さも志も知っている。

二人が仙次郎の助っ人をすれば、仙次郎は源兵衛親分に書付を手渡すくらいのことは出来るかもしれない。

しかしそれでは、二人が築いてきた駕籠舁きとしての成果に傷がつくような気がしたのである。

「話の勢いでものを考えちゃあいけねえや。新さんと太ァさんは、腕っ節だって大したものだと、おれにはわかっているさ。だがなあ、相手はその道の玄人《くろうと》だ。下手に出て行って怪我でもすりゃあどうする？」

お龍とお鷹は、新三と太十の実力は知らぬゆえ、留五郎の言葉に頷くしかなかったが、

「そんなら新さんと太ァさんに、助っ人を付けりゃあ好いよ」

お龍の興奮はすぐには収まらない。

「頭を冷やさねえか。ただの喧嘩なら、景気を付けて送り出しもするが、こいつはやくざの汚ねえ内輪もめだ。仙次郎ってお人に肩入れしたくなるのはやまやまだが、まっとうに商売をしている駕籠屋がそこに首を突っ込むのは筋が違うと思わねえか」

留五郎はどこまでも落ち着いていた。

特に新三と太十のことになると、彼は俄《が》然《ぜん》思慮深くなるようだ。

新三と太十は、ありがたくなって頭《こうべ》を垂れた。確かに自分達は勢いで物ごとを考えてしまっていたようだ。

「そうだといって、お父っさん、このままでは新坊のお父っさんが命を落しちまうかもしれないいじゃあないか」

お鷹が言った。

「さあそこだ。玄人には玄人の助っ人を呼んであげるのが何よりだ」

理由は一切問わず、仙次郎のために一肌脱ぎ、書付の内容は知らぬままに一肌脱いだことさえ忘れてしまう――。

そんな助っ人がいないと決めつけるのも考えものだ。探せば必らずいるはずだと留五郎は考えている。

新三と太十が直に暴れずとも、度胸ひとつでことが済めばそれが何よりではないか。

「そんな人が、あたし達の周りにいるかねえ……」

お龍は溜息交じりに言ったが、

――いや、一人いる。

新三と太十は、はっと顔を見合った。

留五郎は大きく頷いた。彼の脳裏にも、同じ男の顔が浮かんでいたのだ。

十一

洲崎の源兵衛は昔気質の渡世人である。

阿漕な稼ぎはせず、女房子供は持たずに、

「おれ達みてえな者が生きているのは、世の中からはじき飛ばされて、自棄《やけ》になって何をしでかすかわからねえ奴らを拾ってやるためだと思いな」

それが口癖であった。

「親分に拾ってもらえなかったら、今頃は盗人か追剝《おいはぎ》にでもなって、人を殺《あや》めて獄門台にこの首がさらされていたかもしれやせん」

源兵衛に拾ってもらった者達は、口々にそう言って親分の俠気を受け継がんとしたが、ともすれば渡世人は楽に大金を稼ぐことも出来る。

世間からつまはじきにされ、よんどころなくやくざ稼業に身を投じたとはいえ、次第に欲に心身が蝕《むしば》まれる者も出てくる。

その名を恐れられ、誰からも慕われ一目置かれた源兵衛であったが、彼も老いた。

隅々にまで目が行き届かなくなり、判断力も鈍ってきた。

独り立ちさせた乾分の身内を合わせると、一家も三十人になれば仕方のないことだ。

「親分、この月の墓参りはお控えになればよかったものを、あの仙次郎が行き場に窮していつ襲ってくるかもしれませんぜ」

彦蔵が墓所の周囲を見廻しながら言った。

その日。源兵衛はいつものように先代の月命日に出ていた。

短かい間に勘助の葬儀もすませていて、源兵衛は疲れ気味であったが、

「先代の月命日も参れねえようじゃあ、明日からでもおれは身を引くぜ。彦蔵、お前にとっちゃあそれが何よりかもしれねえがな」

老いたりとはいえ、源兵衛がじっと見る目の凄みはすたってはいない。

目をかけていた仙次郎が、自分に隠れてあれこれ悪事を重ね、それを指摘した勘助を殺害した――。

それが未《いま》だに信じられぬ源兵衛は、いつしか他の乾分達を束ね始めた彦蔵に対しても苛ついていたのだ。

「親分、おかしなことを言わねえでくだせえ。あっしはただ親分が心配で……」

彦蔵は取り繕ったが、

「だといって、月々の墓参りに十人も付いてこさせるとはどうかしているぜ」

源兵衛は不機嫌に墓所を歩んだ。先代の墓は、深川の猿江橋《さるえばし》を少し東へ行ったところの小さな寺にある。

その周りは大名家の下屋敷と田畑、材木蔵が続くところで、昼間も人気のないところである。

墓所も雑然としていて、墓石と卒塔婆《そとば》が樹木の中に埋もれるように並び立っている。

あまり肉親に恵まれていたとは思えぬ者の墓所のようで心寂しいが、洲崎一家の先代の墓だけはいつも美しく整えられているのが、源兵衛の誇りであった。

——自分もいつかこの墓所に葬られた後は、こんな風に参ってくれるだろうか。

仙次郎なら参ってくれるだろうと思っていたが、その仙次郎は今頃どこにいることやら。

彦蔵はというと、仙次郎と勘助が消えてから、いきなり出しゃばり出した感がある。こ奴が自分が死んだ後はどう転ぶかもわからない。

——だが死んでしまえば、もうどうでもよいことだ。

源兵衛はそんな捨て鉢な想いに駆られていた。

その時であった。木立の向こうから、

「洲崎の親分！　お久しぶりでございます！」

威勢のよい男の声がした。

ふと見ると、白い着物に身を包んだ渡世人風の男が手に数珠を持ってやって来る。

「おお、お前さんは奥山《おくやま》の元締の……」

た。

「へい、何度かお目にかからせていただきやした、直次郎《なおじろう》でございます」

奥山の嘉兵衛《かへえ》という香具師《やし》の元締の乾分で、今売り出し中の聖天《しょうでん》の直次郎であった。

源兵衛は、嘉兵衛とは面識があり、直次郎の顔にも見覚えがあった。

そして直次郎の名は源兵衛一家にも届いていたが、乾分達にはほとんど馴染はなかった。

「ご先代のお墓だそうで、まずお参りさせていただきやす」

「こいつはすまねえな」

直次郎は、先代の墓に参ると、

「いや、こちらに親分がおいでになるとお聞きいたしまして、のこのことやって参りました次第で……」

恭《うやうや》しく言った。

「おれに何か用かい？」

源兵衛は、悪びれずに愛敬をもって自分に頼みごとをしてくる直次郎をたちまち気に入った。

「へい。以前のっぴきならねえ世話になっちまった人から、親分に一目会わせてやりてえ人がいると頼まれまして」

直次郎は深々と頭を垂れた。

「一目会えば好いんだね。承知だよ」

「へい、畏れ入りやす」

直次郎はただ一人であるが、向こうに駕籠が一挺《ちょう》止まっている。

「実は親分、そこまで連れて来ているのでございますが、よろしゅうございますか」

「そいつは手間が省けていいや。このところろくさくさとしていたので、人に会いてえと思っていたところさ」

源兵衛は頬笑んだ。

彦蔵は傍らではらはらとしていたが、直次郎は一人であるし、源兵衛の機嫌が直ればありがたかった。

むしろここで、直次郎と誼《よし》みを通じ、仙次郎の悪業について巧みに吹き込んでおけば、奥山一家を味方にすることも出来よう。

「そんなら直次郎さん、どうぞこちらへ……」

源兵衛の傍らから、彦蔵は愛想よく言った。

直次郎はにこやかに頷いて、

「彦蔵さんですね」

「へい」

「兄さんにも是非会ってもらいてえんでさあ」

直次郎は彦蔵を立てると、駕籠を呼んだ。

神妙な顔で駕籠を昇く二人が、新三と太十であるのは言うまでもないだろう。

そして、駕籠から降り立ったのは仙次郎であった。

「手前は仙次郎！」

彦蔵はあっと驚き、乾分達と共に身構えたが、直次郎は源兵衛をじっと見つめて、

「親分、お願《ねげ》えでございます。あっしも恩あるお人からの頼まれごとでございまして、手間ァ取らせやせん、一言言葉を交わしてやってくださいまし」

すらすらと口上を述べた。

直次郎の〝恩ある人〟とは、新三と太十である。

昨冬のこと。新三と太十は直次郎を客として駕籠に乗せた折、奥山一家に逆恨みする破落戸の一群に襲われた彼を見事に助けた。

しかも、自分達の強さは伏せて、直次郎と彼の弟分達が返り討ちにしたことにしてくれと頼んでのことだ。

それから直次郎は、人形町界隈に用がある時は、わざわざ新三と太十の駕籠を使い、密やかに親交を温めていたのである。

「渡世人に借りを作るのが嫌だと言うのはわかるが、おれも新さんと太ァさんに借りを作ったままじゃあすっきりとしねえぜ」

彼は常々そう言っていたが、端から当てにする気のない二人は、留五郎に指摘されるまで直次郎の存在を忘れていた。

それゆえ、二人から何も聞かずに一肌脱いでもらいたいと言われた時、直次郎は大喜びしたものだ。

新三と太十の頼みごとなら信頼出来る。黙って洲崎の親分に会って、困っているという仙次郎を引き合わそうと出て来たのだ。

源兵衛は直次郎の願いに邪《よこしま》な心がないと見てとり、

「一旦承知したことだ。仙次郎、話を聞こうじゃあねえか」

源兵衛は、こちらも邪心無き目を向けている仙次郎に頷いてみせた。

「親分！　いけませんぜ！　仙次郎、手前よくここへ来られたな！　覚悟しやがれ！」

しかし彦蔵も必死である。そうはさせじと仙次郎に迫った。

「やかましいやい！　手前らは引っ込んでやがれ！　おれは、この聖天の直次郎は、洲崎の親分にお願えしているんだ。横合から邪魔しやがると承知しねえぞ！」

直次郎は堂々たる啖呵《たんか》を切った。ただ一人で出て来たが、新三と太十が後ろで控えてくれている。

仙次郎と合せて四人。いざとなってもまったく恐くはない。

彦蔵達はその迫力に息を呑んだ。

源兵衛は、ぞろぞろとついて来た乾分達を睨みつけると、

「お前達、おれに恥をかかすんじゃあねえや！」

一喝した。

源兵衛の五体に力が漲《みなぎ》った。久しぶりの感覚であった。

さすがは洲崎の源兵衛だ――。

乾分の中には彦蔵に踊らされている者が何人もいる。ここにいるまともな男達は皆、源兵衛のきりりとした姿に見惚《みと》れた。

仙次郎はその間隙《かんげき》を突いて、懐から件の書付を取り出すと源兵衛に差し出し、

「あっしは勘助を殺しちゃあおりません！」

と、力強く言った。

源兵衛が書付を受け取った刹那《せつな》、彦蔵と乾分数人がその場を逃げ出した。

仙次郎の襲撃を恐れて大勢連れて来たのが災いした。

「どけえ行きやがる！」

源兵衛が咎めて、彦蔵達は他の乾分に取り押さえられた。

源兵衛はそれを見届けると、ゆっくりと書付を開いて一読して、

「仙次郎、苦労をかけちまったな。おれを許してくんな」

静かに言った。

「親分……」

仙次郎がほっと息をついた時、新三と太十は直次郎に大きく頷いてみせた。そして、三人で源兵衛に頭を下げると、直次郎を駕籠に乗せてその場から走り去ったのである。

十二

桜の花も頭上にあるより足下を彩る方が多くなってきた。

〝駕籠留〟では、めっきりとお龍、お鷹姉妹の口数が減った。

理由はただひとつ。

新太が仙次郎と梅吉とに連れられて旅に出たからだ。それに伴って、新三と太十もそれぞれ自分の家へと戻った。

洲崎の源兵衛一家が、その後彦蔵とその一味にどのような始末をつけたかは知れない。

聖天の直次郎は、それ以後もこれからも、洲崎一家のことは与《あずか》り知らぬことだと言い放ち、源兵衛からの礼が届けられても、

「あっしはただ、源兵衛親分に会わせてやってもらいたい人がいると頼まれて、お引き合せした、ただそれだけのことでございますよ」

使いの者を煙《けむ》に巻くばかりであったという。

仙次郎も、自分がいては彦蔵への私怨《しえん》が先に立つかもしれないと、勘助の供養をした後、江戸を出たのである。

仙次郎は梅吉を供に、新太をしばらく遊山に連れて行き、新太との新しい暮らしを考えるつもりだと、新三と太十に告げた。

いずれにせよ洲崎一家の後継からは身を引いて、旅から戻ったら男三人で小商いでも始めるつもりだと言うのだ。

おちかとは惚れ合って、後先考えず一緒になったが、渡世人に女房子供はいらない。子を儲けたなら、侠気だけは教え込み、まっとうな生業を持つべきだと思い知らされたのである。

「このご恩は一生忘れません」

仙次郎は〝駕籠留〟へ挨拶に来て、床に額をこすりつけるほど頭を下げつつ、父としてのけじめをつけると誓ったのであった。

新太はもちろん父との再会を喜んだが、

「おじちゃん、親方、お姉ちゃん……。また遊びに来てもいいかい……」

つぶらな瞳に涙を浮かべて別れを惜しんだ。

駕籠屋の大人達は父子の幸せを祈って泣く泣く送り出したのであった。

しかし、お龍とお鷹の喪失感は激しかった。

駕籠を担いで寂しさを紛わす新三と太十のようにはいかず、日々溜息ばかりをついていたのである。

「おい、お前らは新太が無事に父親と会えて、これから幸せになろうとしているのが不足だというのかい？　いつか家を出て行くのは端からわかっていたことじゃあねえか」

留五郎は、己が寂しさを糊塗《こと》するように姉妹を叱りつけた。

「子供なんてものは、お前らがその気になりゃあ、いつだって何人もできるってもんだ」

そう言われると姉妹は沈黙するしかない。

しかし、このところはどうも留五郎に小娘扱いされてやり込められている気がして、何とかして一矢報いたい姉妹は、新三と太十に想いを馳《は》せて、

「新さんと太ァさんは、直次郎さんに余ほど気に入られているみたいだねえ」

「ええ、わたしもあれほどまでだとは思わなかったわよ」

「実のところ、直次郎さんは二人に命を救われたことがあったのかもしれないねえ」

「そうかもしれない……」

「どうする？　直次郎さんが、新さんと太ァさんを口説いたら？」

「考えられるわねえ。あの二人だったら、その道で大した顔になれるはずだわ」

「てことはお鷹、新さんと太ァさんと別れる日も近いかもねえ……」

二人でことさら大きな声で語り合ったものだ。

留五郎は、そう言われると堪らない。

この日も、聖天の直次郎は、奥山の嘉兵衛とは昔馴染の蠣殻町《かきがらちょう》の料理屋〝浜《はま》しげ〟

の主・繁造《しげぞう》を訪ねた帰りに、新三と太十を指名して、二人の駕籠に乗っていた。

今度のことで直次郎は、改めて新三と太十の男気を買っていた。

そして新三と太十は、これで直次郎への義理がひとつ出来た。

二人が奥山一家に引き抜かれる可能性は大いにある。

江戸の隅々までを知り尽くし、胸に抱いた望みを遂げたい。

思えばそれは駕籠舁きでなくても出来ることなのだ。

「お龍、お鷹！　くだらねえことを言うんじゃねえや！　あの二人が渡世人の仲間入りをするはずがねえだろ！　あるはずがねえ。うむ、そんなこたあねえ……、ないはずだ……」

留五郎の声は次第に小さくなり、遂には黙りこくった。

してやったりのお龍とお鷹であったが、その頃、新三と太十は直次郎を駕籠に乗せて、柳橋を渡っていた。

「ヤッサ」

「コリャサ」

と、軽快な掛け声をあげつつ、二人は同じことを考えていた。

悲惨な子供時代を送った二人は、困っている新太を見過ごしには出来なかったのだが、思えば新太には仙次郎という、しっかりとした親が付いている。

物心ついた時には、二親に死に別れていた二人は親の顔すら知らぬのだ。

二人は親と慕った旅の武芸者・西村七左衛門の顔を思い出していた。

七左衛門にしてもらったことは、自分達が新太にしてやったことよりはるかに大きくて深いものであった。

二人は、鬼のように厳しく、仏のように慈愛に充ちた七左衛門の面影を求めると、胸の内がぽかぽかと温かくなってくるのを覚えていた。

それもこれも新太との出会いがあったればこそ――。

「ヤッサ」

「コリャサ」

二人の掛け声は次第に軽快になっていく。

駕籠の中からは、

「なあ、新さん、太ァさん、駕籠舁きも好いけどよう、おれと一緒に男伊達に生きねえかい？　そろそろ考えておくれな……」

直次郎のこんな言葉が聞こえていたが、たちまち二人の掛け声にかき消されてしまうのであった。

三　男の矜持《きょうじ》

一

「ヤッサ」

「コリャサ」

新三と太十が駕籠を舁く掛け声に、心なしか張り詰めた響きが含まれていた。

神田松永町《かんだまつながちょう》で客を降ろし、一息ついたところで、偉丈夫の武士に、

「霊岸島《れいがんじま》までやってくれ」

と、声をかけられた。

人を威圧するかのような鋭い目つき、どっしりとした体の運びから見ると、どこぞの剣客と思われる。

身形《みなり》はこざっぱりとしているが、腰にたばさむ大小は飾りけのない武張った拵えで、鞘の中の刀身は数多《あまた》の血を吸ってきたのではないかという凄みを放っている。

町駕籠に乗るのは不似合ではなかろうかとためらわれたが、乗せろと言うならば是

非もない。

要らぬ愛想を言っても、かえって睨みつけられるのがよいところだ。

「これでよかろう」

酒手と共に渡された駕籠賃もなかなかの額であり、一廉《ひとかど》の剣客なのであろう。

とはいえ、新三と太十には武士が放つ威風に、言い知れぬ殺気が感じられた。

心身と共に剣を鍛える。

そのような正統な武芸を極めんとする師範ではなく、真剣勝負に身をさらし、それを生業にする〝人斬り〟の匂《にお》いがする。

そういう客を乗せたのである。自ずと新三と太十には緊張が走るのだ。

それと同時に、武芸者に育てられた二人には、この客が何者かが気になる。

客もまた駕籠舁き二人の身のこなしに、ただならぬものを覚えたか、霊岸島に着くと、

「おぬし達は二人共、なかなかによい体付きをしているのう、武芸を身に付けたくなればいつでも参るがよい」

と、傍らの家を顎《あご》でしゃくった。

そこは小体ながらも、剣術道場の体裁を成していた。

「へへへ、あっしらのような駕籠舁きが武芸などとは畏れ多うございますよ」

新三は笑って聞き流したが、

「駕籠舁きであろうが何であろうが、強くなればその日から武芸者だ。まず考えておくがよい」

武士は、ニヤリとして道場へ入って行った。

新三と太十は、関り合いにならぬことだと笑い合い、ひとまず霊岸島を出て八丁堀《はっちょうぼり》の方へと向かったが、霊岸橋の手前で一人の男に呼び止められた。

「ああ、こいつは親分……」

新三の声が弾んだ。

二人を呼び止めたのは、思案の長次郎の名で人に知られる御用聞きであったのだ。

過日、質屋の娘・お寿々がおこした、拐かしによる強請りの一件を巧みに収め、その折はお寿々を死んだことにして江戸から逃がすという人情を見せた。

新三と太十もこれに加担して、長次郎と秘事を共有することで互いの信を深めていた。

以来、町で出会えば言葉を交わしていたのだが、この日の長次郎は何か事件を追っている時のそれで、眼光炯々《がんこうけいけい》としていた。

新三と太十の表情もたちまち引き締まってくる。

「今降ろした客は、どこから乗せたんだい？」

長次郎が問うた。

「あのお武家さんですかい？」

新三が神田松永町の料理屋の前で乗せたと応えると、

「そうかい……」

長次郎は厳しい表情で頷いた。

「あのお武家さんがどうかしましたか？」

太十が訊ねた。

「あれは望月万蔵《もちづきまんぞう》といってな、ろくでもねえ野郎だよ」

長次郎は吐き捨てるように言った。

「望月万蔵……」

「ろくでもねえ野郎なんですかい？」

新三と太十は目を見張った。

「面ァ覚えただろう。気をつけた方が好いぜ……」

長次郎はまたひとつ頷くと、

「やっぱり帰って来やがったか……」

呟きながらその場から立ち去った。

その背中には、呼び止め辛い殺伐とした風情が漂っていた。

新三と太十は顔を見合わせると、件の剣術道場へ戻ってみた。

下手に近付いて、

「早速武芸を習いに来たか」

などと言われて引き入れられるのも面倒なので、離れたところに駕籠を置いて、代わる代わる道場の様子を窺った。

望月万蔵というろくでもない武士。

長次郎はあの浪人剣客を追いかけているのであろう。

駕籠に乗せた時から、ただならぬ殺気を放っていただけに、新三と太十は気にかかって仕方がなかった。

新三と太十には悪辣《あくらつ》な浪人剣客風を見かけると、つい身構えてしまう習慣が出来ていたのだ。

それは二人の恩人である西村七左衛門との過去に繋がることだが、まず新三がそっと道場の武者窓から中を覗き見た。

道場の稽古場には、望月万蔵の姿はなかった。奥の一間で休息をしているのであろう。

稽古場では、門人と思われるむくつけき武士達が数人、各々《おのおの》真剣を抜いて型の稽古をしていた。

誰かが指南するわけでもない、まるで統制の取れていない稽古風景である。

思案の長次郎が、〝ろくでもない〟と言っていた望月万蔵が出入りしている道場である。剣術指南は名ばかりの、不良浪人達の溜まり場なのであろうか。

それでも申し訳程度に掛札が壁に並んでいて、師範が望月万蔵とある。

流儀は一刀流《いっとうりゅう》のようだ。

門人の名は五人あった。当然のことながら新三の知らぬ名前ばかりであったのだが、

――あれは、まさか……。

彼の目は一人の武士に釘付けとなった。

稽古場の角で、体を動かすでもなく黙念として、抜身を見つめている三十絡みの門人の顔に見覚えがあった。

新三の記憶では、その武士の名は〝三雲磯太郎《みくもいそたろう》〟であった。

しかし、掛札の中にその名はなかった。

――いや、奴に違いない。

新三はそそくさとその場を去り、太十と交代した。

その際、三雲磯太郎の名を耳打ちしたのだが、やがて戻って来た太十の顔も紅潮していて、

「おれも奴だと思う」

力強く告げたのである。

二

それから新三と太十は、思案の長次郎の姿を求めた。

まず思案橋袂にある、長次郎の唐辛子屋を訪ねてみた。

空駕籠を舁いて店の前につけると、

「おや、新三さんと太十さん。七味唐辛子なら売ってあげませんよ。やどからおれが好いって言うまで、二人には売るんじゃあねえと、きつく言われていますのでね」

長次郎の女房のお蝶《ちょう》が、歯切れのよい言葉を投げかけてきた。

先だっての質屋の娘・お寿々の一件で、お寿々をそっと運び出すのを手伝い、長次郎から過分な酒手をもらった新三と太十であった。

二人は長次郎の俠気男気に惹かれて、長次郎が女房にさせているというこの店で大量の七味唐辛子を買って、酒手を弾んでくれた客への土産《みやげ》とした。

それゆえ、長次郎はすっかり二人と顔馴染になったお蝶にそのように言っていたのである。

「こいつは畏れ入ります……」

新三は太十と二人で頭を掻いた。

八つになる娘のおはなが、お蝶の傍らで笑っている。

「いえ、ちょいと前を通りましたので、親分はいなさるかと思いましてね」

新三が水を向けると、

「あいにく今は、その辺りを駆け廻っているみたいですよ」

お蝶は苦笑いを浮かべて、

「このところ何やらむつかしい顔をしていたから、やっかいな御用の筋があるのかもしれませんねえ」

申し訳なさそうに言った。

「おかみさんも気苦労が絶えませんね」

「御用聞きと一緒になったんだから、仕方がありませんよ」

「惚れた弱みってやつで」

「からかっちゃあ嫌ですよう」

「へへへ、そんならよろしくお伝えくだせえ」

そんなやり取りを交わして、新三と太十は再び歩き出した。

長次郎はやはり家には戻っていなかった。

だが二人は、今すぐに長次郎に会って訊ねておきたいことがあった。

それが件の道場で見かけた浪人者についてであることは言うまでもなかろう。

浪人の名は三雲磯太郎であったはずだが、掛札にその名はなく、他の門人からは、

「今井《いまい》……」

と呼ばれているのを太十が見届けた。

そして掛札には、〃今井磯之助《いそのすけ》〃とあった。

様子から考えるに、長次郎は近頃出来たあの剣術道場に、目を付けていたと思われる。

そこが以前から警戒していた浪人剣客・望月万蔵の道場であったと知り、

「やっぱり帰って来やがったか……」

と、長次郎は思わず呟いたのであろう。

だとすれば、何としても今井磯之助について訊ねておきたい。

唐辛子屋の住まいに帰っていないとなると、長次郎は恐らく神田松永町界隈にいるのではなかろうか。

長次郎は望月万蔵を乗せたところを二人に訊ねていた。

それはきっと、目を付けている万蔵の立廻り先を知っておきたかったからであろう。そして長次郎のことであるから、すぐに神田松永町に出向き、この日の望月の動向を探っているに違いない。

そのような物ごとへの洞察は以心伝心の二人である。

駕籠に垂れを下ろして、先棒の新三が進路をとり、神田松永町へと向かったのであった。

勢いよく道を行く駕籠を呼び止める者はいなかった。

二人は空駕籠を舁き、人形町の通りを北へ突っ切り、和泉橋《いずみばし》を渡って神田松永町へ。

この辺りの北方は御徒町《おかちまち》と呼ばれる武家屋敷街であるから、長次郎が料理屋を探るのに手間取るまい。

早く行かないと、すれ違いになるかもしれなかった。

望月万蔵は、料理屋の庭に続く前栽の陰から出て来たところで、新三と太十の駕籠と出合い、呼び止めた。

その位置も二人はしっかりと覚えている。

「太十、練塀小路《ねりべいこうじ》の手前だったな」

「ああ、相生町《あいおいちょう》との境の道にあった」

二人はその辺りをぐるぐると廻ってみた。

長次郎が気付き易いよう、

「ヤッサ」

「コリャサ」

と、掛け声をかけてみたりした。

すると案の定、路地へ入ったところで待ち伏せたかのように、

「何でえ、またこの辺りに戻って来たのかい」

長次郎が行方を塞ぐように立っていた。

「へい。親分が来ているんじゃあねえかと気になりましてね」

新三がニヤリと笑うと、

「まったく物好きな駕籠舁きだねえ」

自分が望月をどこで乗せたか問うたゆえに、二人が気を利かせてついて来たと察し、長次郎は呆《あき》れ顔をした。

「いや、親分のお務めに出しゃばろうというんじゃあねえんです。ちょいとお訊ねしてえことがございまして……」

「訊ねてえことがある？」

「へい。親分はあの霊岸島の剣術道場について、色々とご存知なんじゃあねえかと思いましてね」

「あすこはいかにも怪しい道場だから目を付けていたところなんだが、いってえ何を知りてえんだい？」

長次郎は怪訝《けげん》な顔をしたが、そこは新三と太十の頼みとなれば断われない。

ひとまず二人の駕籠に乗り、和泉橋を再び渡って柳原《やなぎはら》通りの土手へと出た。

そして人気のないところに駕籠を止めさせた上で、二人の問いに応えたものだ。

「今井磯之助だと？」

長次郎はその名を聞いて、ぎらりと目を光らせた。

「奴を知っているのかい？」

「いえ、知っているってほどのもんじゃあねえんですが、ちょっと前にあっしらの仲間が、随分と酷《ひで》え目に遭わされた浪人によく似ているんで、気になったのでございます」

新三がそのように応えると、長次郎は深く問わず、

「そうかい。奴は近頃あの道場にやって来た浪人でな……」

道場とは名ばかりの不良浪人の溜り場で今井磯之助もその内の一人に違いないと見て、目を付けていたのだと言った。

するると、今日になって新三と太十が道場に望月万蔵を運んだのを見かけ、やはり自分の目に狂いはなかったと確信して、

「思わず二人に声をかけたってところよ。今井磯之助の師匠が望月だというなら、あの界隈に、いつ燃えだすかわからねえ火種ができたってことになるな」

長次郎はそう言って腕組みをして思い入れをした。

何ごとに対しても、怪しさを覚えるとまず調べねば気がすまぬ長次郎である。

霊岸島は、彼の住まいがある思案橋の袂からはほど近い。

そこで悪事が行われているとなれば、御用聞きとしての面目に拘《かか》わるから、長次郎

は見過ごしに出来なかった。

新三と太十の見込み通り、長次郎は件の剣術道場にたむろする浪人達を、巧みに調べあげていた。

ほとんどが虚仮威《こけおど》しの剣客浪人だが、今井磯之助だけは違って見えた。

長次郎も若い頃は、強くなりたい一心で近くの剣術道場の師範に頼み込んで、武芸を学んだゆえ、それがわかるのだ。

あれこれ御用聞き仲間や、処の遊び人達に訊ねて廻ると、

「ここに来る前は、三雲って名で暴れていたやくざ浪人らしい」

「三雲……」

新三と太十は、顔を見合った。

長次郎は二人の顔色を見てとって、

「おれが奴について知っているのはそれくれえのものだ。また何かわかったら報せるが、どんな因縁があったにしろ、望月万蔵と一緒にいるってえのは性質《たち》が悪い、近付かねえことだな」

そのように言い捨てて、すたすたと歩き出したが、一度だけ振り返って、

「そうだ。二人のお蔭で望月万蔵が、日本橋、神田、両国、浜町、霊岸島界隈でこの

ところ随分と幅を利かしていることがわかったぜ。ありがとうよ……」

にこりと笑った。

笑顔の中に秘めた長次郎のある決意が、新三と太十に伝わってきた。

だがそれ以上に、二人は今井磯之助なる浪人が、案に違《たが》わず三雲磯太郎その人であることを確信し、いても立ってもいられなかったのである。

三

新三と太十は、再び空駕籠を舁いて本所亀戸町へと駆けた。

そこに隠宅を構える作右衛門《さくえもん》を訪ねたのである。

作右衛門は献残屋《けんざんや》〝金松屋《かねまつや》〟の隠居で、二人を〝駕籠留〟に紹介した人物としてこの物語には何度も登場している。

留五郎の娘、お龍、お鷹は、新三と太十が、鎌倉《かまくら》河岸で水夫《かこ》をしている頃、道端で俄《にわか》の癪《しゃく》に苦しむ作右衛門を助けたことから知り合ったと聞かされていた。

しかし、実際のところそうではなく、奥州の寒村から出て、武芸者・西村七左衛門に拾われ流浪した二人が、江戸に出てくるにあたって、まず頼ったのが作右衛門であった。

そして、今井磯之助こと三雲磯太郎が、二人にとってどういう存在なのかを誰よりも詳しく知る彼らの庇護者《ひごしゃ》であった。

作右衛門の家に着くと、隠宅の奉公人である半三《はんぞう》、おまさ夫婦がいつものように二人を駕籠ごと迎え入れ、すぐに隠居に繋ぎを取ってくれた。

無駄口を叩かず、てきぱきとことを進める姿は真に心地がよい。

作右衛門は幸い隠宅にいて、

「ご隠居様も、お喜びになりましょう」

おまさはそのように告げた。

このところ作右衛門は暇をもて余していて、新三と太十相手にあれこれ話をしたかったようだ。

「これはようおいでなさいましたな」

作右衛門は顔中を皺《しわ》だらけにして二人を自室に迎えたが、ぐっと引き締まった彼らの表情を見ると、

「何かあったようですな……」

低い声で言った。

やがて隠居の一間に緊張が漂った。

「なるほど、三雲磯太郎……。小さな方が見つかったのですな」

溜息とともに、作右衛門は目を閉じた。

「今日の様子では、大きな方の兵頭《ひょうどう》とは、既に離れているようです……」

新三が言った。

「そうして破落戸《ならずもの》の群れに、名を変えて身を投じた……。さて、どうしたものですかな」

作右衛門は瞑目《めいもく》したまま言った。

ここで名が出た〝大きな方の兵頭〟とは、一刀流の剣客・兵頭崇右衛門《たかえもん》のことである。

その弟子に河原大蔵《かわはらたいぞう》という武士がいて、さらに三雲磯太郎がいた。

「三雲などとるに足りぬ者でございましょう。そのまま打ち捨てておけばよろしいのでは……」

作右衛門の言葉に、

「御隠居の申される通りかもしれませぬ」

「だが、打ち捨てておくのも腹だたしゅうございます……」

新三と太十は唇を嚙んだ。

三人はしばし沈黙した。

三雲磯太郎から繫がる兵頭崇右衛門、河原大蔵――。

作右衛門が知る、新三と太十との因縁はいかなるものなのか。

それは彼らの恩人・西村七左衛門の無念と、九州《きゅうしゅう》小倉《こくら》の大名・小笠原《おがさわら》家の騒動と共に語らねばなるまい。

新三と太十がまだ子供の頃に村をとび出し、人攫いに遭ったところを七左衛門に助けられたことは既に述べた。

七左衛門は仙台城下にあって願立流の達人として知られたが、伊達《だて》家への仕官よりも、己が武芸の向上を望み廻国修行へ旅発った。

それほどの武芸者であるゆえ、新三と太十を悪漢から助けてやることなどわけもなかった。とはいえ二人をそのまま捨て置くわけにもいかず困ってしまった。

子連れで武者修行など出来るものではない。

しかし話を聞けば、孤児で酷い仕打ちに遭い、子供ながらに村を逃げ出した二人は、余りにも哀れであった。

連れて歩けば、どこぞで子を欲しがる心やさしき者にも出会うであろう。

七左衛門はそのように考えて、ひとまず新三と太十を旅の供とした。

すると案に違わず、利発で身のこなしもすばしっこい二人に興をそそられる者達はすぐに現れた。

旅先の剣術道場では、二人を内弟子として育ててみたいという剣術師範もいた。

しかし、結局七左衛門はそうしなかった。

旅の間に武芸を教えてやると、新三と太十は実に呑み込みが早く、自分を親と慕う二人が愛おしくなってきたのだ。

己が剣を磨きに旅へと出たものの、西村七左衛門を唸らせる武芸者はほとんどいなかった。

そうなると、学ぶ楽しみよりも教える楽しみを知ることになる。

百姓の子供ゆえ、武芸に対する考え方や取り組み方が実に純粋で素直である。

新三は快活で能弁、太十は穏やかで思慮深い。

二人の取り合せもよく、七左衛門は新三と太十を手許に置いて育てるのが生き甲斐となってきたのであった。

奥州から関東へ、さらに東海《とうかい》へ――。

西へ西へと行脚するうちにやがて二人は元服した。

七左衛門は、新三に〝佐々木新三郎《ささきしんざぶろう》〟、太十には〝渥美太十郎《あつみたじゅうろう》〟と名付け、己が内弟子としてさらに旅を続けた。

ひとところに二年いることもあったし、三日で旅発つこともあった。

そのうちに、若い武芸者に立合稽古を求められると新三と太十にまず相手を務めさせるようになった。

すると二人の腕は思った以上に上達を遂げていて、七左衛門を大いに満足させた。練達の士と立合せてあしらわれるのもまた修行のひとつであるが、その弟子程度の者となると、二人が後れをとることはまずなかったのである。

やがて七左衛門は九州小倉城下へと入った。

ここは名族・小笠原家の御膝下《おひざもと》で、かつては剣豪・宮本武蔵《みやもとむさし》の養子・伊織《いおり》が四千石の大身で召し抱えられ、島原《しまばら》の乱の折は武蔵がその帷幕《いばく》に参じたという。

それゆえか、小倉では武芸が盛んで、七左衛門はかねてより一度訪れてみたかったのだが、彼が城下に逗留《とうりゅう》するや既にその武名を聞きつけた剣士達が次々と教えを乞いに来た。

さすがに小笠原侯の家中の士に、まだ若年の新三、太十を当てることも出来ず、七左衛門がいちいち丁寧に対応するうちに、重臣の渋田見主膳《しぶたみしゅぜん》の目に止まった。

渋田見家は、信濃《しなの》の名族・仁科《にしな》家の出で、小笠原家が信濃に一勢力を築いていた頃からの家臣であった。

主膳は七左衛門の剣技、人柄を大いに気に入り、

「ここに落ち着き、新たな流派を開いてはいかがかな」

と勧めて、城下に剣術道場が開けるよう尽力してくれたのである。

七左衛門は齢四十になろうとしていた。

そろそろひとところに落ち着いて、己が剣の完成をせねばならぬと思っていたので、主膳の厚意を受け容れた。

そして願立流西村派道場を開いた。

但し、稽古場は仰々《ぎようぎよう》しくない小体なものとし、新三郎、太十郎を内弟子としたささやかな修練場にした。

少しずつ自分の理が世の中に伝わり、自ずと賛同者が増えてこそ道場は大きくなるであろう。

小笠原家中の士が、流儀に真剣に向き合ってくれなければ、ただの流行に終ってしまうと考えたのだ。

主膳も七左衛門の考え方には大いに共鳴し、西村七左衛門への出稽古の依頼がくる

よう、あれこれ便宜をはかってくれた。

そのお蔭で道場の方便《たつき》も立ち、七左衛門師弟はゆったりと暮らすことが出来た。

そして七左衛門は、新三郎と太十郎の腕を認めつつ、二人を師範代に据えるようなことはせず、道場では雑用ばかりをさせた。

内弟子二人の剣は、小笠原家中の誰にも引けをとらぬほどの実力になっていたが、自分の強さを自身で制御出来るほど、まだ心が鍛えられていないと見ていたからだ。

強さを認められるようになれば、それを誇りたくもなる。

だがその強さを賛《たた》える者もいれば、敵視する者も出てくるから、若い頃は口論の果てに斬り合いに発展する局面も出てこよう。

七左衛門はそれを恐れたのだ。

ゆえに二人への稽古は人知れず七左衛門自身がつけ、その強さを隠したのである。

「真の強さを得るまでは、目立たぬようにするのが何よりじゃ。百姓の出であるそなた達にはおかしなしがらみがない。それが二人の強みであると心得よ」

七左衛門は、小倉に腰を落ち着けてから、口癖のように二人に言い聞かせたのである。

新三郎も太十郎も、自分の強さを試してみたくなる時があったものの、大概《たいがい》の武士は試さずとも見れば自分達が勝っているると知れるので焦りはなかった。

父と慕う七左衛門の境地に達したいゆえに剣術、武芸に励んだが、武士になりたいという野心もなく、日々の糧にありつければ幸せであるという想いが、二人を無欲にさせていた。

何よりも、自分達の命を救い、読み書きから行儀作法、人がとるべき道までも教えてくれた七左衛門の役に立てたら、二人はそれだけで幸せであった。

強さを誇らずとも、七左衛門の内弟子というだけで、二人は誰からも粗末にされることもなかったから、人に強さを見せつける必要もない。

そうして、西村七左衛門の剣は着実に小倉の地に根ざし、開花する日も近いと思われたのであるが、ここに予期せぬ事件が起こる。

七左衛門のよき理解者であり、庇護者であった渋田見主膳が暗殺されたのである。

文化《ぶんか》十一年。今から六年前のことであった。

四

その頃。

小笠原家は、主流派と反主流派に分かれて争っていた。

文化八年に朝鮮《ちようせん》使節応接の正使に任ぜられた当主・忠固《ただかた》は、これをつつがなく終え、大老になる夢を抱いた。

主君の望みを聞かされた家老・小笠原出雲《いずも》は諫言《かんげん》した。

普代《ふだい》の名家とはいえ、十五万石の大名が大老になるには厳しい猟官《りようかん》運動が求められた。それには莫大な金が必要である。御家の財政にはそれに耐えられるほどの力がなかったからだ。

ところが、忠固の野心を後押しする重臣達も現れ、出雲の諫言は結局聞き入れられず、止むなく出雲は主命に従った。

当然、猟官運動に多額の金が動き、たちまち御家の財政は破綻《はたん》寸前となった。

こうなると、主君に賛同していた重臣達は、出雲を奸臣《かんしん》として糾弾し始めた。

出雲は怒り心頭に発した。

主君・忠固は大老への夢は諦《あきら》めずにいる。

主命を果さんとすれば、奸臣呼ばわりをされる。

これでは務めを果せないと、反対派を処分し、自分の腹心である渋田見主膳を重用したのであった。

ここに主流派と反主流派は対立を深めるようになる。

西村七左衛門は、剣術の稽古を疎《おろそ》かにして、日々小競り合いを起こす小笠原家中の士の姿を見て憂えた。

何よりも気にかかったのは、小倉の騒擾《そうじょう》を見てとり、立身の好機とばかりに、城下に怪しげな武芸者達が集まってきたことであった。

兵頭崇右衛門はその筆頭格と言えよう。

彼は一早く小倉の不穏を嗅《か》ぎ付けて、小倉城下に剣術道場を開いた。

師範代を務めていたのが河原大蔵。その手先となって、西村道場をさんざんに腐したのが三雲磯太郎であった。

兵頭が七左衛門を挑発したのは計算尽くであったと言えよう。

西村道場は、渋田見主膳の後押しを得て生まれたことを聞き及び、反主流派の懐にとび込んだのだ。

主流派には小笠原家の剣術指南を務める正統派の剣客がいる。

怪しげな一刀流を看板にする兵頭がそこへ割り込むことはままならない。

新興の道場には、家老・小笠原出雲の腹心である渋田見主膳の息がかかった西村七左衛門がいるとなれば尚さらであった。

そうなれば家中の重役達から怨嗟《えんさ》の声があがる主膳を非難し、西村道場と敵対した方が運が拓《ひら》けると勝負に出たのだ。

おまけにその頃、七左衛門は病に祟られ、床に臥《ふ》せる日が多かった。

病人相手なら恐くない。

その想いが兵頭を図に乗らせた。

七左衛門の体調が悪い日を狙いすましたかのように、道場へやって来ては挑発するようになった。

渋田見を憎む反主流派の重臣達が、兵頭を援助し目の前に餌《えさ》をぶら下げたのであろう。

七左衛門は挑発に乗らなかった。

そもそも御家の騒動と剣術道場は、違うところにあるべきであった。

下手に剣を交じえでもすれば、主膳に迷惑が及ぶかもしれない。

口先だけで生きる三雲磯太郎を、さすがに新三郎も太十郎も叩き伏せてやりたいと息巻いたが、

「相手になるではないぞ」

七左衛門は戒めるばかりであった。

とはいえ、当時は新三郎も太十郎もさらに若く血の気も多い。

「西村先生は、御中老（渋田見主膳）にどのような取り入り方をされたのでござろう。某《それがし》は剣よりもそちらを学びとうござるな……」

ある日兵頭崇右衛門は、道場へ来て七左衛門にそのような教えを請うた。

七左衛門は顔色ひとつ変えず、

「人への取り入り方となれば、某は兵頭殿にははるかに及ばぬ。こちらこそ教えてもらいたいものでござるな」

とやり返し、兵頭を沈黙させたものだが、新三郎と太十郎は、余りにも無礼な兵頭の言葉に憤懣《ふんまん》やる方なかった。

「太十、おれはもう辛抱できぬ」

「おれもだ。いくら先生のお言い付けでも奴らは許せぬ」

ゆるりと養生も出来ず、威厳ひとつで兵頭達に睨みを利かさんとする七左衛門が、二人には痛々しく思われたし、師を辱められては黙っていられぬ。

「おれ達のような弟子に叩き伏せられたとなれば、奴らとて恥ずかしかろう。表沙汰にはしないはずだ……」

かくなる上は道場破りに行かんと、新三郎は太十郎に持ちかけ、二人は共闘を誓った。

だが、それが果されることはなかった。

師の目を盗み、兵頭道場を襲わんとするうちに、兵頭達は忽然《こつぜん》と小倉から姿を消したのである。

それは渋田見主膳が暗殺された直後のことであった。

主膳の暗殺は、城下を揺るがす騒ぎとなった。

反主流派が仕掛けたことは明らかであったが、何者が実行役を務めたかは確と知れなかった。

それでも、消えてしまった兵頭達を考えると、家中の士でない彼らに金を積んで殺害させたと容易に想像出来る。

兵頭は、既に門人と思《おぼ》しき者達をほとんど道場から去らせて、河原大蔵と三雲磯太郎だけを傍に置いていたようで、主膳を斬るとそのまま逐電したのである。

主流派の面々もそれを察して、三人の行方を求めたが、兵頭達の行方は杳《よう》として知れなかった。

主流派の一団も、主膳が狙われたことで浮き足立ち、次の襲撃に備えて身を守るのに必死で、兵法者の一群を追う余裕もなかったと言える。

城下争乱の中、西村七左衛門は大きく心を痛めた。

目撃者の証言から、渋田見主膳に斬り付けた数人の武士の中に、兵頭と河原と思しき浪人がいたと耳にしたからである。

そんなことなら、挑発を受けた時にしっかりと受けて立てばよかったと悔やまれてならなかったのだ。

いかに病がちで体力が衰えていたとはいえ、己が剣をもってすれば、兵頭達が小倉にいられぬようにするくらいの立合は出来たであろうものを――。

それを思うと、渋田見主膳の無念が七左衛門の胸を締めつける。

心労は七左衛門の病を悪化させた。

主膳を失ったことで、主流派は反主流派の巻き返しを受け、ことごとく格下げされてしまった。

そうなると、西村道場へ稽古に来ていた家中の士は、ぴたりと姿を見せなくなり、既に病身の七左衛門は出稽古の声もかからぬようになっていて、道場は窮乏した。

やがて家老・小笠原出雲が国元の動きを知り、密かに帰国し反主流派を押さえつけ、粛清したことによって事態は好転したものの、七左衛門は失意の中死を遂げた。

臨終にあたって七左衛門は新三郎と太十郎に、二人を置いて死んでいく不甲斐なさ

を詫びた上で、

「何者をも恨むではない。わたしの仇を討とうなどと思うてはならぬぞ。そなた達に武芸を仕込んだのは過ちであったかもしれぬ。願わくは、身に備った武芸は人のために役立て、武芸者などにならず、穏やかな暮らしを送ってもらいたい……」

そのように言い遺した。

新三郎と太十郎は、七左衛門を小倉の地に葬り、依然政情不安なこの地にいては騒動に巻き込まれるかもしれぬと、渋田見家に挨拶に出向き、二人で小倉を去ることにした。

渋田見家の用人は、二人を気の毒がって、西村七左衛門を慕った家中の士達から餞《せん》別《べつ》を集め持たせてくれた。

二人が七左衛門によって教え込まれた武芸は、門外不出であったので、

「剣を捨て、江戸へ出て、静かな暮らしを求めるつもりでございます」

と、挨拶をすると、

「それもよかろう……」

特に引き留める者もなかったのである。

その際、江戸へ行くならこの者を訪ねればよいと紹介状を書いてくれたのが、小笠

原家江戸屋敷に出入りしていた献残屋の、金松屋作右衛門であった。

こうして二人は小倉を出て江戸へ向かった。

というのも、兵頭崇右衛門達は船に乗り、江戸を目指したようだという噂を耳にしたからであった。

七左衛門は二人を戒めたが、新三郎と太十郎は再び新三と太十に戻ったとしても、七左衛門から伝授された武芸を、兵頭師弟にだけはぶつけてやろうと心に誓っていた。

それは渋田見主膳の仇討ちでもあった。

江戸への道中は、旅の浪人の風情で腰には大小をたばさみ、脇目もふらず先を急いだ。

出府を果し剣を捨てたとしても、七左衛門からもらった刀は捨てられなかった。

持っていくのならば帯刀して歩くのが何よりであった。

若い二人はすぐに江戸に到着した。まず金松屋を訪ねてみると、このところ作右衛門は献残屋稼業は番頭に任せ、本所亀戸町に隠居暮らしを送っていると言う。

江戸の土地勘のない二人は苦労して、さらに亀戸町へ向かい、やっとのことに作右衛門と会うことが出来た。

小笠原家出入りの献残屋であった作右衛門は、今だに大名家の動向には詳しく、大名と取り引きのある商家に頼まれて内情を探ってやる裏稼業を持っていた。

それゆえ、昨今の小笠原家の騒動についても聞き及び、

「まったくもって大変でございましたな」

と二人を慰労した。そして新三からこれまでの経緯を聞かされると、俠気に充ちた作右衛門はすっかりと興奮してしまい、

「わたしにお任かせくださいまし。お二人の身が立つようにしてさしあげましょう」

と、胸を叩いたものだ。

さすがに新三と太十は、会ったばかりゆえに、兵頭一党に対する仇討ちを胸に秘めていることは明かさず、差料を預かってもらうことと職探しを頼むに止《とど》めた。

新三と太十を一目見た途端気に入った作右衛門は、

「わたしはかつて、小笠原様の御屋敷で中間奉公をしておりまして、そこで知り合ったお人の口利きで献残屋の手伝いをするようになりましてねえ。これも何かの縁でございます。ひとまずここに泊まって江戸に馴染めばよろしかろう」

と勧めて隠宅に居候をさせた。

そうして数日暮らすと、互いの真っ直ぐな人となりを認め合い、新三と太十も己が

胸の内を余さず打ち明けたのであった。

恩人で父と慕った西村七左衛門の無念を、何としてでも晴らしたい。それが七左衛門の戒めを破ることになったとしても――。

作右衛門はこういう話には弱い。

仇討ちの手助けをする自分を考えると、それだけで胸が躍った。

仇に巡り合えることなど雲を摑むような話ではあるが、兵頭崇右衛門という男を考えると、案に違わず江戸にいるように思えてくる。

渋田見主膳の暗殺に手を貸した時点で、兵頭はまともな剣客としては生きていけまい。

主膳襲撃でそれなりの金を摑み逃げたならば、まず大きな都に潜り込むのが成り行きであろう。

作右衛門はそのように見た。

そうなると、人や荷が行き通う湊や河岸で働くのがよい。

そして方々巡った末に鎌倉河岸で水夫となり、いつか巡り合える日を待った。

そのうちに江戸にも慣れた二人は、江戸の隅々まで知りたくなり、駕籠舁きになることを思いつき、作右衛門に口を利いてもらい、入ったところが〝駕籠留〟であったのだ。

五

駕籠舁きになったのは意義があった。

まだ一年も町を走り廻らぬうちに、憎い男に出合えた。

だが、作右衛門は三雲磯太郎を、〝小さな方〟と呼んで、とるに足りぬ者など打ち捨てておけばよいと言った。

新三と太十が調べたところでは、三雲は河原大蔵と共に最後まで兵頭崇右衛門の側にいたものの、渋田見主膳襲撃には加わっていなかったようだ。

口先だけの男であったから、いざ襲撃となると恐くなり、幾らかもらっていた分け前を手に敵前逃亡したのかもしれない。

そしてまた江戸に出て、今度は思案の長次郎が、〝ろくでもねえ野郎〟と目を付けている望月万蔵に取り入り、門人となった……。

確かにとるに足らぬ者である。

こ奴を下手に叩くことで、真の仇である兵頭に知られてしまう恐れもある。

となれば、三雲磯太郎には西村七左衛門の門人である事実を明かさぬまま、討ち果してやるしか腹の虫を抑えようがあるまい。

新三と太十の結論はそこに至ったのだが、作右衛門はそれをよしとしなかった。

「話を聞けば、思案橋の親分は望月万蔵という浪人者を追い詰めんとしているようなら……。望月を追い詰めれば、自ずと今井磯之助と名を変えた三雲磯太郎もそれまでとなりましょう。ここは親分のお手伝いをして、三雲にはお上からの厳しい沙汰が下るようにするのが何よりではありませんかな」

と言うのだ。

そっと思案の長次郎の手助けをして、今井磯之助こと三雲磯太郎を牢へ送り込む――。

なるほどそうするべきかと思えてくる。

何といっても長次郎の手伝いならし甲斐がある。

長次郎は、親分子分を持たぬ御用聞きであるから、何かと不便なはずだ。

相手が剣客浪人の集まりとなれば尚さらである。

しかも、長次郎の望月万蔵に対するこだわりは、なかなか激しいものがあるように見える。

「御隠居の申される通りですね」

新三が神妙に頷いた。横にいる太十もこれに倣う。

大事の前の小事という言葉がある。

三雲にかかずらい兵頭に辿り着けなければ何もならぬのだ。

「とはいえ、三雲に巡り合えたのは天恵です。しっかりと仕返しだけはしてやるつもりです」

「それがよろしかろう。だが、くれぐれも無茶なことはせぬように……」

作右衛門は策を授けつつ釘をさした。

新三と太十が初めて訪ねてきた時は、彼らへの同情と仇討ちの言葉に心が躍ったが、ここ数年の交誼《こうぎ》で、仇討ちなどせずにいつまでも安泰でいてもらいたい想いにかられている作右衛門であった。

その心中は複雑であったのだ。

新三と太十は無性に、長次郎に会いたくなっていた。

ちょうど作右衛門の友人で近くに住む医師・福原一斎《ふくはらいっさい》が日本橋へ向かうとのことで、二人はそれこそ上客と喜び、一斎を日本橋へ送り届けると、そのまま思案橋方面へと向かった。

長次郎が家にいるとは思えなかったが、恐らくその近辺に姿があると見ていた。思案橋から霊岸島はほど近い。

何らかの因縁が、長次郎と霊岸島に道場を構えている望月万蔵との間にあるならば、長次郎は辺りに異変はないか目を光らせているはずだ。

きっとその姿を目にすることが出来よう。

行徳《ぎょうとく》河岸近くで休息を装い、二人で交代をして辺りの様子を窺った。

すると太十が、豊海橋《とよみばし》の南詰の居酒屋の表に、望月万蔵が門人達を従えて床几《しょうぎ》に座っているのを認めた。

その中には、三雲磯太郎の姿もあると言う。

どうやら望月は、居酒屋の表に陣取り、辺りの者達に無言の内に睨みを利かせているようだ。

新三は太十と共に駕籠をその近くに移動して、そっと様子を窺った。

確かにそれは、

「おれを侮るではないぞ」

という、望月の挨拶代わりの示威行動に見えた。

通りかかった者は、誰もが居酒屋を避けるように行き過ぎた。

居酒屋の主も愛想を使っているが、望月達の出現に、明らかに当惑していた。

それでも、

「二本差が恐くて田楽が食えるか」

などと江戸っ子の意地を見せて、堂々と彼らの前を笑い合いながら通り過ぎる勇み肌もいた。

だが、こ奴らこそ望月達が待ち望んだ鴨《かも》であった。

通り過ぎる時に、右手に持った刀の鞘をすっと前に差しだして、わざと勇み肌に当てたのである。

「ちょっと待て……」

勇み肌二人を呼び止めたのは三雲であった。

ここでも口を使うのが、彼の役目であるようだ。

勇み肌二人は、敵わぬ喧嘩を予期して総身に緊張を漂わせたが、痛い目に遭わされても謝まるものかと、望月達をきっと見た。

しかし薄ら笑いを浮かべる望月に声をかけたのは、勇み肌ではなく、いつしか現れた思案の長次郎であった。

「何を待てってえんです？」

長次郎は、早く行けと勇み肌二人をその場から下がらせると、じっと望月を見つめた。

まったく無視された形の三雲は、

「問うまでもなかろう！　あ奴らが武士の魂を足蹴《あしげ》にしたゆえ呼び止めたまでよ」

長次郎に怒声を放った。

「足蹴にした？」

長次郎は一歩も引かずに、

「歩いている者の前に鞘を差し出しゃあ、そりゃあ足に当るでしょうよ」

「何だと……」

「因縁をつけて見物人がいる前で叩き伏せて手前達の力を見せつける。そうして睨みを利かせるなんて手は、もう何度も見させてもらっておりやすよ」

「おのれ、言わせておけば図に乗りよって、わざわざ叩き伏せられに出てくるとはおもしろい奴。まずお前の名を聞いておこうか」

残忍な目を向ける三雲に、

「おいおい、口の利き方に気をつけろ。その御仁は、思案の長次郎親分だ……」

望月がニヤリと笑った。

「長次郎……」

三雲は小首を傾げてみせた。既に望月から噂は聞いていたのであろう。

「ほう、そいつは御無礼仕ったのう」

そしてからかうように笑った。

「望月先生よう。またろくでもねえ弟子を集めて何かやらかそうていう魂胆かもしれねえが、この辺りはおれの縄張りだ。勝手な真似はさせねえぜ」

長次郎は怯《ひる》まず望月をじっと見据えた。

「勝手な真似？　居酒屋の床几に座って寛いでいるのが、この辺りでは勝手な真似らしい。親分、知らぬ仲でもなし。つれないことを申すでないわ」

望月は余裕を見せると、

「我らがいると、皆が恐がるらしい。参るとしよう」

門人達を引き連れてその場から立ち去った。

居酒屋の主人は、望月の後ろ姿を睨みつけている長次郎の傍へ寄ると、

「親分、ああいう連中は、怒らせねえ方がよろしゅうございますよ……」

ほっとしつつも、この先の難儀を恐れて小声で言うと、店の中へと入っていった。

新三と太十は空駕籠を担いで長次郎の傍へと寄った。

浪人達から怒りを買いたくない気持ちはわかるが、町の者達のために体を張った長次郎に対して、誰もがよそよそしく通り過ぎていく様子が実に腹立たしかった。

「親分、よく言ってやりましたね」

「今の啖呵は胸に沁《し》みましたよ」

新三と太十は辺りにいる連中に聞こえるように言った。

「何でえ、見ていたのかい……」

長次郎はふっと笑うと、そのまま歩き出した。

新三と太十は後に続いて、

「へい、ちょうど通りかかりましてね」

「親分の姿を見て驚きましたよ」

元気付けるように言った。

「ちょうど通りかかったか……」

気になっておれの姿を追っていたのではなかったのかと目で言って、長次郎は溜息をついた。

まったくおかしな駕籠舁きである。

曲がったことが嫌いで、お節介で男気があって――。

しかし、二人が傍にいると何やら心が落ち着くのはどういうわけであろうか。自分が今抱えている屈託や物ごとに対する疑問について、素直に話したくなってくるのだ。

「そういえば、今井磯之助についておれに訊ねていたが、やっぱり奴だったのかい？　新さんと太ァさんの仲間を痛い目に遭わせたってえのは……」

まず問わずにはいられなかった。

新三と太十は一瞬顔を見合わせて、

「いえ、よく見ると違っておりました。悪い奴ってえのは皆同じ顔に見えるもんですねえ」

新三が苦笑いで応えた。

駕籠舁きとなった二人を見ても、三雲は彼らがかつて西村七左衛門の内弟子であったと気付きはしまい。

ここは知らぬを決め込み、長次郎の助っ人をしようと思ったのである。

「そうかい、人違いかい。まあ、そんな悪い野郎は今頃生きちゃあいねえだろうよ。忘れちまうに限る」

長次郎はやはり深くは問わず、肚に溜まったものを二人に吐き出したくなる想いを

堪え、やり過ごそうとしたが、

「親分、あの望月って野郎とはどんな因縁があるんです？」

「教えてくだせえ。しがねえ駕籠舁きだってお役に立つこともありますぜ」

新三と太十に問われると黙ってはいられなくなった。

しばらく無言で歩いたが、箱崎橋《はこざきばし》にかかったところで立ち止まり、

「おれは乾分を持たねえことにしているんだが、それにはちょいと理由《わけ》があるのさ」

ぽつりぽつりと時を後戻りし始めた。

六

五年前になろうか。

思案の長次郎は、町の者達に慕われる御用聞きとして売り出し中であった。

まだ歳は二十半ばだが、その頼りなさを情熱で補い、老練な御用聞きを凌駕《りょうが》する勢いであった。

その頃もまた、

「おれが乾分を持つなど十年早い」

と、北町《きたまち》奉行所定町廻り方同心・辻圭蔵《つじけいぞう》の手先となって日夜走り廻っていた。

しかしそういう長次郎に憧れる者もいる。

時太郎《ときたろう》という棒手振の若者がそうであった。

時太郎は木更津《きさらづ》の出で、ぐれて家をとび出し江戸にやって来た。それからはお決まりのごとく町でよたっていたが、長次郎に意見をされ棒手振の仕事を得た。

お蔭で町にも馴染み、恩義を覚えた彼は長次郎の乾分を気取って勝手に手伝いだした。

「お前は引っ込んでいろ！」

叱りつけつつ、時太郎には大目に見てやりたくなる愛敬があった。

御用聞きの乾分など、特に決まりがあるわけでもなく、長次郎の裁量で調べ物などさせておけばよいのだ。

「いいか、出しゃ張るんじゃあねえぞ」

と言い聞かせてあれこれ用を頼むと、なかなか使い勝手がよい。いつの間にか時太郎を乾分と認め、小遣いを与えたりして下調べなどをさせていた。

そこに現れたのが望月万蔵であった。

薬研堀《やげんぼり》に小さな道場を構え、不良浪人を数人弟子と称して置き、近くの旗本、御家人屋敷に入り込んで、賭場《どば》を開く手助けをし始めた。

さらに博奕の借金の取り立てや、客達の用心棒を無理矢理買って出て、いたるところで金を吸い取り始めた。

このままではいけないと、長次郎は立ち上がった。

とはいえ望月一党の取締りについては奉行所も及び腰になっていた。

旗本、御家人に上手く取り入っているので、管轄外の町方役人には扱いが難しく、怪我をしかねないからだ。

役人達がそうであるのに、御用聞きの想いなど、どうにもならなかったのだが、長次郎は同心の辻圭蔵を動かして、そっと彼らの悪事を暴いてやろうと探索を始めた。

「さすがは親分だ。辻の旦那はありがてえお人ですねえ」

長次郎に惚れ込む時太郎も、旗本、御家人屋敷以外で賭場が開かれているという情報を得て、探索に動いた。

その張り切りように長次郎は一抹の不安を覚えたが、慎重にかかれと言い聞かせ、探索の手伝いをさせた。しかし、時太郎はその最中、鉄砲洲《てつぽうず》の空き家で斬殺されていた。

望月一党の仕業であると思われたが、確たる証拠はない。

長次郎はじっとしていられず、望月の道場に乗り込んだ。

「時太郎？　はて何のことやら……」

それを望月万蔵は突き放し嘲笑した。

時太郎が殺されたと思われる夜、望月師弟は、旗本屋敷で送別の宴《うたげ》を開いてもらっていたと言うのだ。

「送別の宴？　見えすいたことを……」

長次郎は憤慨《ふんがい》したが、旗本屋敷の方ではその事実を認めた。

望月は廻国修行のために江戸を出ることになり、その送別の宴を開いたと――。

とるに足らぬ御用聞きの手先であっても、死んだとなれば奉行所も放ってはおけぬであろう。

望月と絡んでいた旗本達も、この辺りで手を引こうと思い、望月を江戸から出すことで終りにさせたと見える。

奉行所としても、望月万蔵が身を引くと言うなら旗本達の手前、これ以上の取り調べは必要なかろうと結論付けた。

「親分、またいつか会うとしよう」

望月は長次郎を嘲笑いつつ、

「その折は、おれに絡んでくるではないぞ。それがおぬしの身のためよ」

脅すように言ったものだ。

「そうして、奴はまた舞い戻って来たってわけよ」

長次郎は、新三と太十にしかつめらしい顔をして告げた。

「そうでしたか。親分に下っ引きが……」

「お労《いたわ》しいことでございました」

新三と太十は沈痛な表情となった。

時太郎は、空き家で開かれている博奕を暴こうとして殺され、自分達にも累が及ぶと察した旗本は望月を庇いつつ、ほとぼりが冷めるまで出て行くよう示唆した。

恐らくそれは疑いもない事実であろう。

肩すかしをくらった長次郎は、指をくわえて見ているしかなかった。

ところが今、そのほとぼりが冷めたとばかりに、望月万蔵が再び江戸に舞い戻って来た。

しかも、長次郎が住む唐辛子屋からほど近い霊岸島に、あの時と同じように不良浪人を集めた道場を構えるとは、あの時の意趣返しをしてやろうという意図がすけて見える。

だが、意趣返しというなら、長次郎も乾分を死なせている。

こんなことなら、時太郎を乾分にするのではなかったという後悔に襲われた五年であった。啖呵のひとつも切りたくなろう。

「それで、八丁堀の旦那にはこのことを……？」

新三は低い声で訊ねた。

乾分、手先は持たぬと決めた長次郎である。

彼に手札を与えている同心が、望月一党を取り締まる姿勢を見せねば、長次郎の身も危なくなってくる。

「ひとまず報せたが、何かしでかしたのならともかく、ただ道場を構えただけなら罪にもなるまい、打ち捨てておけとのことだ」

長次郎は俯《うつむ》き加減に言った。

心強い後盾であった北町奉行所同心・辻圭蔵は、五十を過ぎ体の衰えを覚え、二年前に隠居して、息子の圭之助《けいのすけ》に跡を継がせていた。

圭之助は父親とは違い、官吏としての能力はあるが、危険を顧みず犯罪に立ち向かう気概《きがい》は備っていなかった。

長次郎は黙って引き下がるしかない。

言われてみれば、確かに圭之助の言う通りではある。

望月万蔵は、罪に問われ所払いになったわけではない。

江戸で剣術道場を開いただけで追い込むわけにはいかないのだ。

それでも望月の弟子と思しき浪人を調べてみると、三雲磯太郎のような叩けば埃の出る者ばかりである。

この日の居酒屋の表での振舞を見る限り、町を力で支配してやろうという野心が、あからさまに窺える。

時太郎の敵を目の前にして、黙って見ていられるものではないが、ただ一人で浪人剣客六人に立ち向かえるわけもない。

下手に立ち向かえば時太郎の二の舞になろう。

今は駕籠舁きとして暮らす新三と太十は、大きな口は利けない。

「親分、さぞかし口惜しいでしょうが、ここは八丁堀の旦那の言う通り、ひとまず打ち捨てておくしかありませんねえ」

「そっと様子を窺って、無茶はいけません」

そう言って慰めるしかなかった。

「そうだな……」

長次郎は小さく笑って頷いた。

「今のおれに何ができるわけもねえや。二人に話を聞いてもらって、何やらすっきりしたよ。新さんも太ァさんも気をつけてくんな」

そして長次郎は、小走りで二人の前から去っていった。

「太十、何やら気に入らねえな」

「ああ、まったくだ……」

新三と太十は昇き棒を抱くようにして、考え込んでしまった。

この様子では、望月一党は表立って悪さはせず、不気味に睨みを利かせ、じわじわと長次郎を追い詰めるつもりなのだろうか。

そうなると、新三と太十がお上の裁きを受けさしてやろうと考えている三雲磯太郎には、容易に手を出せないことになろう。

長次郎と共闘してこそ、自分達の三雲への恨みも晴らせるのだ。

〝金松屋〟の隠居・作右衛門に今の状況を報せたら、

「どうせ遅かれ早かれ牢へ送られるような小者でございましょう。相手にならぬことです」

と戒められるであろう。

「だが、あ奴をこのままにしてなるものか……」

「ああ、新三の言う通りだ。何ならひとまず奴を付け狙って、腕の一本もへし折ってやるかい？」

「なるほどそれが手っ取り早いかもしれねえが、そうなりゃあおれ達が咎人《とがにん》で、奴は裁かれねえままだ」

「そうだな。それも傍《かたわ》ら痛いぜ」

「まず、今の様子を見る限りじゃあ、三雲は小倉の時みてえに一人で逃げ出しはしまい。そのうち望月の下で牙《きば》をむくに違えねえから、おれ達も様子を見るとするか……」

七

亭主の長次郎の煙草が切れかけていたので買いに走ったら、煙草屋の婆ァさんに話し込まれて、思いの外に手間取った。

「あんたのところのおはなちゃんはしっかり者だから、唐辛子屋の方は大事ないよ」

婆ァさんが言うように、娘のおはなはつつがなく店番をこなすことが出来る。

とはいえまだ八つである。

お蝶は煙草屋のある北新堀町《きたしんぼりちょう》から慌てて思案橋の袂へと向かったのだが、箱崎橋の手前で、

「長次郎の野郎は勘付いていまいな」

という声を耳にした。

ぎくりとして、お蝶は思わずその場に立ち竦んだ。

そして、そっと周りを見廻すと、話し声は傍らのそば屋から聞こえてくるようだ。

路地に面した一角が、どうやら小座敷になっているようで、格子窓の向こうで浪人者が話しているのだ。

格子窓の障子戸は閉じられているが、浪人達の野太い声は思いの外よく通ることに、本人達は気付いていないらしい。

お蝶も御用聞きの女房である。その辺りは心得ている。

何くわぬ顔をして、路地に身を入れ格子窓の外から聞き耳を立てた。

「つまるところ、賭場を開く段取りはそこで決めるわけだな」

「そういうことよ。博奕打ちが二人ばかり来て、金と客の流れについての取り決めをするのだな」

「おれ達は何をすれば好いのだ」

「ただ聞いているだけさ。長次郎が嗅ぎ回っておらぬか用心しながらな」

「それで、どこへ集まるんだ？」

「今言ったところだろう。明後日の暮れ六つに鉄砲洲の船宿だ」

「〝すぎむら〟だったな」

「裏手に離れのあるところさ」

「人の話をよく聞いておけ」

「とにかくあの御用聞きには気をつけろ」

「ふん、いざとなれば時太郎とかいう奴と同じ目に遭わせてやるさ」

お蝶はそっと足音を殺して、路地から去った。

聞いたのが幸か不幸か――。

お蝶は注意深く周りを見ながら、努めて平静を装い歩いたが、心の内は千々《ちぢ》に乱れていた。

長次郎が、この辺りに戻って来たという不良浪人に殺気立っているのは、女房であるお蝶にはよくわかっていた。

五年前の一件も、お蝶の心には大きな傷となって残っていた。

時太郎は棒手振の傍ら、長次郎の手先を務め、何かというと唐辛子屋を手伝い、そのお蔭でお蝶はまだ幼いおはなの面倒をよく見てやることが出来たのだ。

それゆえ、亭主の長次郎を、

「いざとなれば時太郎とかいう奴と同じ目に遭わせてやるさ」

という言葉は聞き捨てならなかった。

お蝶は長次郎の話しぶりから、時太郎は望月某という剣客とその一味を探っていて殺されたのだと思っていた。

しかし、こうして改めて悪者共が企みごとをしている様子を聞いてしまうと、さすがにやり切れなくなっていた。

何よりも、この話を長次郎にするのがためらわれた。

御用聞きの女房としては、すぐにでも伝えて、亭主の助けとならねばならないのであろう。

だが、話したところで何になろう。

ただそば屋の小座敷から漏れ聞こえてきた話ではないか。

――聞かなかったことにしてしまおう。

時太郎は確かに無念であった。出来ることなら仇を討ってやりたい。

だが恨みや憎しみを追いかけたとて、今度は長次郎の命まで危うくなれば意味がないではないか。

悪人を取り締まる手伝いをするのが御用聞きではあるが、お上が動かぬというのに、下にいる者が命をかけるのは馬鹿げていると、お蝶は思っている。

「お前には男の想いがわからねえのさ」

と言われようが、女には女の想いがあるのだ。

その日。お蝶は急ぎ家に帰ると、健気にも店番をしっかり務めたおはなを労《ねぎら》い、夜更けに戻って来た長次郎に、

「腹立ちまぎれに動いたって、ろくなことにはなりませんよ」

珍しく〝出しゃばった〟物言いをした。

長次郎は一瞬気色《けしき》ばんだが、一緒になってこの方、初めて見せる女房の思い詰めた表情に気圧された。

大事な物を守る時、女は非力だけに命をかける覚悟をてらいなく固めるものだ、その時の凄みは男のそれより何倍も激しい――。

長次郎はかつてそんな話を聞いたことがある。

正に今のお蝶がそうだと心の内で舌を巻いた。

そしてお蝶の言葉は当を得ていた。

時太郎の仇討ちを心に期する余り、長次郎はいささか正気を失っている節がある。

自分でもそれに気付いていたのだ。

この日も、望月一党の動きを捉えておこうと、霊岸島一帯を見廻っていたが、盛り場からは彼らへの畏怖《いふ》が漂っていたものの、

「粋がった若えのが、町をうろつかなくなってせいせいしておりやすよ」

という声もあがっている。

以前は調子に乗って、江戸を去らねばならなくなった望月万蔵である。今度は容易くぼろを出すまいと、威圧を放ちつつ、慎重に行動しているように思えた。

北町の旦那である辻圭之助は、相変わらず望月道場には関心がなく、

「廻り方同心といってもその数はたかがしれているんだ。起きてもおらぬことに、いちいちかかずらっていられるか」

という調子である。

どうせ連中は何かしでかすはずである。

様子を見るしかない――。

長次郎はお蝶をきっと見返して、

「腹立ちまぎれじゃあねえや。誰も奴らに向き合おうとしねえから、おれが気をつけているだけのことだ」

仏頂面《ぶっちょうづら》で応えると、次の日は一日中唐辛子屋にいて、店の奥で七味の調合などして暮らした。

長次郎に件の浪人達の悪巧みをひたすら黙っていたお蝶であったが、その日の八つ過ぎになって、長次郎一家に魔の手がじわりと忍び寄ることになる。

近くの儒者の家に手習いに行っていたおはなが、棒飴《ぼうあめ》を手に帰って来た。

「あら？　どうしたんだいその飴は？」

お蝶が訊くと、

「おぶけさんがくれたのよ」

おはなは澄まし顔で応えた。

「お武家さん……？」

たちまちお蝶の顔が曇った。

おはなの声を聞きつけた長次郎は、唐辛子を混ぜていた匙《さじ》をその場に投げ置き、

「おはな、どんなお武家さんだ。おっかねえ浪人者じゃあなかったのかい」

娘を詰問した。

おはなは、日頃やさしい父親の恐ろしい剣幕《けんまく》にべそをかきながら、

「おっかないおじさんだったけど、とてもやさしくしてくれたのよ……」

おはながぽつりぽつりと語ったところでは手習いが終って外へ出たところに二人のいかつい武士がいて、

「思案橋の親分のお嬢ちゃんかい？」

「お父っさんの御機嫌はどうだい？」

と、話しかけてきたと言う。

そうして近くを通りかかった飴売りから棒飴を買うと、おはなに持たせて、

「これをあげよう」

「おじさん達の先生が、親分とは知り合いなのさ」

そう言って立ち去ったそうな。

「あの野郎……」

長次郎は怒り狂った。

おれ達は女房子供の動きに目を光らせているぞ——。

望月の脅しに他ならない。

娘に飴を与えて交誼を深めようとしたと、望月はしゃあしゃあと言うのであろう

が、真綿で締め付けるように追い込んでくる卑劣な奴だ。

「決着をつけてやろうじゃあねえか……」

長次郎はいきり立ち、お蝶にしばらくの間、家の外へ出るなと厳しく言いつけた。

ここは野中の一軒家ではないのだ。いくら望月が悪党でも、御用聞きの家に押し寄せることはあるまい。

お蝶はもはや、望月達はやり過ごせる相手ではないのかもしれないと、恐がるおはなの小さな肩を抱いてただ悲嘆にくれるばかりであった。

八

その頃、新三と太十はというと、二人もまた因縁の相手・今井磯之助こと三雲磯太郎を何としてくれようかと、日夜考えていた。

〝駕籠留〟の娘、お龍、お鷹姉妹は、近頃厳しい表情をよく浮かべる二人に気付いていて、

「何か悩みごとでもあるのかい？」

「顔が暗いねえ……」

などと騒いだものだが、

「そりゃあおれ達だって馬鹿じゃあねえんだから、ちょいと考えごとをする時だってありますよ……」

何とか新三がごまかしていた。

二人が焦る気持ちも無理はない。

思案の長次郎の手助けをして、望月道場の連中諸共に、三雲を裁きの場へ送ってやろうと考えたが、思いの外に望月は慎重で、大きな動きは見せなかった。

三雲の動向は不明だ。

望月にどこまでもついていくのならよいのだが、こ奴は突如として見限り姿を消してしまう恐れがある。

何とか、望月の尻尾を摑む必要があった。

望月が長次郎に五年前の一件について仕返しをしてやろうと企んでいるのは明らかであるが、ただそのためだけに江戸へ、しかもこの界隈に舞い戻って来たわけでもなかろう。

何か欲得が絡んでいるに違いない。

こうなれば二人でそれを探ろうと心に決めたのである。

それでこの数日。

二人は駕籠を舁いて〝駕籠留〟を出ると、三河町《みかわちょう》の〝金松屋〟へ何度も足を運んだ。

〝金松屋〟は作右衛門が隠居をしてから、番頭であった九郎兵衛《くろべえ》が取り仕切っている。

もっとも九郎兵衛に言わせると、

「わたしは未だに番頭のままでございます。旦那様は隠居道楽と申しますか、隠居のふりをするのがお好きなのでございますよ」

となる。

隠居したくとも、作右衛門でないとまとまらない件も多々あるようで、なかなかそうはさせてくれないのが現状のようだ。

ゆえに九郎兵衛は、作右衛門の分身のような存在で、新三と太十も本所の隠宅以外の融通が利く場所として、時折は駕籠を裏手からそっと入れて、物置に置かせてもらうことがあった。

この度もそれが目的で、そこで印半纏《しるしばんてん》を裏返しに着替え、菅笠を被り杖を放して、望月道場を探ったりしていたのである。

その上で、三雲達門人の様子を窺うと、連中は望月万蔵の供をして、旗本、御家人屋敷へ足繁《あししげ》く出かけているようである。

それは、思案の長次郎も察知しているはずだが、望月はあくまでも道場を開いた挨拶に出かけている姿勢は崩さなかった。

さらに、五年前に賭場を開いたりして関わりのあった旗本屋敷へ出かけている様子はなかったのである。

となれば新たな旗本、御家人との交誼を築き、結局は五年前の姿に戻りゆくつもりなのであろうか。

「太十、このままではろくな調べもつかぬな」

「ああ、何かもっとこれという証拠が見つからぬと先へ行けぬぞ」

二人は業を煮やしていた。

かくなる上は、駕籠舁き稼業の合間に調べるくらいでは埒が明かぬと、その日二人は夜を待って、剣術道場へ出かけた。

二人がやらんとしたことは、いささか常軌を逸していた。

黒半纏に身を包み、道場に忍び込み連中の悪巧みを盗み聞こうというのである。

望月万蔵は、二人が駕籠に乗せた折、剣術を習いに来いと言った。

見つかりそうな時は、一人が堂々と表から訪ねて、その由を伝えれば何とか取り繕えるのではなかろうか。

「裏の木戸が開いておりましたので……」

そう言い訳が出来るよう。まず身軽な新三が塀を乗り越えて裏庭へ下り立つと、中から木戸を開けた。

幸い裏手の塀外は雑木林で、怪しまれることがないのは既に調べをつけていた。

新三の引き込みで太十も裏木戸を潜り中へ忍び込んだのだが、裏庭の向こうは道場の壁があるばかりで、母屋の方へは通じていない。

「新三、久しぶりにちょいと張り切ってみるかい？」

太十が声を潜めると、新三はニヤリと笑って、傍らの立木によじ登ると、道場の大屋根に音もたてずに飛び乗った。

それを合図に太十は再び外へ出た。

新三は上から道場を探らんと、屋根の上に這いつくばるようにして、方々で耳を澄ました。

若い頃、西村七左衛門との諸国行脚で鍛えたのは武芸だけではなかった。

野に伏し山に伏し、身軽さが身上の新三は、猿《ましら》のごとき軽業《かるわざ》をいつしか身につけていたのである。

やがて新三は音が漏れ聞こえる一角があることを屋根の上で知った。

そこは正面から入ると西側にあたるところで、壁の上方に明かりとりの小窓があるらしい。

何やら蒸し暑い夜である。その窓は開かれていて、そこから声が漏れていたのだ。

新三はその真上の屋根に寝そべって、辛抱強く耳を傾けてみた。

話しているのは門人達で、望月万蔵は出かけているらしい。

「我らの先生はよう働くことじゃ」

「そのうちおれ達も、嫌というほど働かされることになろう」

「そいつは大儀だな」

「金のためだ。仕方あるまい」

「働くといっても、剣術の出稽古を装って、方々屋敷へ出入りして、博奕場を拵えて、その用心棒をするだけではないか」

「何ほどのものでもなかろう」

「だが、五年前に先生はしくじったのだろう」

「屋敷を貸していた旗本が怖気付《おじけ》いて、ほとぼりを冷ますようにと迫られたそうだな」

「怖気付いた？」

「嗅ぎ回っていた下っ引きを殺っちまって、町方役人も黙っていられなくなって、目付役を動かしたとか言うぜ」

「それはまずいではないか。怖気付いた旗本達は、この辺りに望月道場が帰ってきたのを喜ばぬのでは？」

「喜びはしまいが、出ていけとは言えまい」

「何故だ？」

「先生は、五年前に屋敷の借り賃の他に、旗本達から金をせびられて、そっちの方はあくまでも貸したものだということで、念書を交わしてあるのさ」

「なるほど、それをちらつかされたら、殿様達も黙るしかないか」

「それどころか、この五年でまた殿様達は手元不如意だ。ありがたみを知って、先生にすり寄ってこよう」

「今度は誰が死んでも怖気付くまい」

「町方の役人達も、今では腑抜《ふぬ》け揃いだというからな」

「いや、利口になったのであろうよ」

「あの御用聞きはどうかな」

「馬鹿は死なねば治らぬさ」

「怒りにまかせて、まいた餌にとびついてくるだろうよ……」

屋根の上でひたすら息を殺す新三の耳に、やがてこのような会話が届いてきた。

新三は大いに満足であった。

ひとまず望月が旗本達と交わしたという念書の存在を知ったのだ。

それはこの道場のどこかにあるはずだ。

——腕にものを言わせてでも、それをむしり取ってやる。

新三の心の内に決意と希望が生まれていた。

長次郎の手助けをしてそれを奪えば、三雲磯太郎を望月一味として、裁きの場へ送ることも出来よう。

——見ておれ。

新三はさらに屋根で寝そべったが、そのうちに、門人達は望月を迎えに行くのか、ぞろぞろと道場を出て行った。彼は用心深くそれをやりすごすと、再び内側から裏木戸の閂《かんぬき》をかけてから、塀外へと出たのである。

九

新三は太十と合流すると、そのまま思案橋へと駆けた。

気心の知れた親分のことだ。自分達が盗み聞きしたと伝えてもよかろう。

とにかく、旗本達との間に交わした念書さえ手に入れば共通の敵を追い込むことが出来るのだ。

もちろん、その念書を手に入れるのは並大抵のことではないが、町方役人もその事実を固めていけば動いてくれるかもしれない。

奉行所から目付へ働きかけてくれる可能性もある。

夜が更けていても、まず長次郎と会って策を練りたくなっていた。

たとえば大胆にも道場に盗みに入ることも考えられる。その場合は、いかに道場を空にするかになるが、長次郎が連中をおびき出す策もあろう。

そして、新三と太十がすぐにでも長次郎の顔を見ておきたかったのは、先ほど新三が気になることを耳にしたからである。

「怒りにまかせて、まいた餌にとびついてくるだろうよ」

この言葉が心に引っかかったのだ。

声の主は、三雲であったと思われた。

まさか荒くれ浪人が集う道場に忍び込み、屋根の上から聞き耳を立てている者などいるはずもないと高を括っていたのだろうが、

「三雲が得意げに喋《しゃべ》っているのが気にかかる」

のである。

悪智恵が働く男である。何か長次郎に罠《わな》を仕掛けんとしているのかもしれない。

既に唐辛子屋は揚げ戸が下ろされ、戸締りがなされていた。

新三と太十は戸を叩いて、

「夜分に恐れ入りやす。〝鴛籠留〟の新三と太十でございます……」

と、訪ねた。

少し間があって、戸の臆病窓《おくびょうまど》が開きお蝶の目元が覗いた。

目だけで彼女が不安を抱えているのがわかった。

現れたのが新三と太十だと気付いた時の表情には安堵と緊張が漂っていた。

「親分はお出かけで……」

新三は低い声で問いつつ、潜り戸を開けようとするお蝶を、

「どうぞそのままで……」

と制した。

見たところ、長次郎は留守でお蝶とおはなが不安な夜を過ごしている様子がわかったからだ。

「おいでじゃあねえようですねえ」

「やどがどうかしましたか……」

「いいえ、ちょいとお耳に入れておきてえことがあったんですがね」

「そうでしたか……」

お蝶は重苦しい声を発した。

「おかみさん、どうなさいました？」

「話しにくいことがあるようで」

新三と太十は、ただならぬ様子を悟って、お蝶に話してくれるようにと迫った。

「おそらく、鉄砲洲の〝すぎむら〟という船宿に……」

お蝶は、新三と太十に迷惑はかけまいとして逡巡《しゅんじゅん》したが、堪え切れずにその場所を口にした。

良人《おっと》には言わずにおこうと思ったが、おはなに浪人者がまとわりついたと知った長次郎が怒り狂い、今にも道場へ殴り込みをかけんとする勢いであったので、偶然耳にした浪人達の悪巧みを話してしまったのだ。

話せば探りに行こうとするのはわかっていたが、探索をするとなれば気も落ち着き、慎重にことを運ぶと思ったのだ。

お蝶の願い通り、長次郎はそれを聞くと、

「どうしてすぐに報せなかったんだ」

まず怒ったものの、

「ここは落ち着かねえと、奴らの思う壺《つぼ》だ」

気を取り直して策を練り始めたと言う。

この日はお蝶に止められるのを嫌がったのか、朝からふらりと出かけたまま帰って来ないのだそうな。

これはきっと、件の船宿を探索に出かけたのに違いない。

そのように思いつつ、お蝶はどうすることも出来ず、長次郎に言われるがまま、日が暮れると揚げ戸を下ろし、おはなと身を潜めていたのだ。

新三と太十は胸騒ぎがしたが、

「なに、親分も相手の尻尾を掴むまで、無茶はしませんよ」

「あっし達がそっと様子を見に行きましょう」

と、お蝶を安堵させると、そのまま鉄砲洲へと向かったのであるが、

「太十、〝金松屋〟へ寄るぞ」

「合点だ」

二人はまず三河町の〝金松屋〟を訪ねた。

九郎兵衛は、新三と太十の来訪を予想していたようで、

「さっそくおいでなさいましたか。旦那様から、それとはなしに伺っておりますから
どうぞ……」

作右衛門は、このまま二人が三雲磯太郎を放っておくまいと、九郎兵衛を本所の隠居所に呼びつけて、あれこれ指図をしていたらしい。

作右衛門は〝駕籠留〟の留五郎の他に、隠宅の奉公人である、半三、おまさ夫婦と、店を任せている九郎兵衛には新三と太十の素生を伝えている。

「で、ご隠居は何か申されていましたか?」

新三が訊ねると、

「はい。小事にかまけて、面倒なことにならぬようにと……」

九郎兵衛は応えつつ、二人を蔵へ連れて行き、たちまちのうちに立派な微行《びこう》の侍風

に変身させ、そっと裏から外へと出した。

宗十郎頭巾《そうじゅうろうずきん》を着用し、ぶっさき羽織に高マチ袴《ばかま》、腰には両刀をたばさむ姿はどう見ても謎めいた微行の侍であった。

二人が、長次郎の身に何か起これば、助太刀するつもりなのは言うまでもない。

だが驚くべきは九郎兵衛であった。

彼は新三と太十が、いつでも駕籠舁きの、新さん、太ァさんに戻れるよう、その着替えを風呂敷包みにして担ぎ、やや遅れて後を追いかけたのである。

齢四十の九郎兵衛ではあるが、駆ける二人に引き離されることもなく、素晴らしい健脚ぶりを発揮していたのである。

十

鉄砲洲の〝すぎむら〟なる船宿はすぐに調べがついた。

船松町《ふなまつちょう》の渡し場から少し南にあり、裏手に離れが木立に隠れて建っている。

なるほど密会場所にはもってこいの船宿であるといえる。

――お蝶が言っていた通りだ。

長次郎は木立の中にいて呟いた。

相変わらず町方では、望月万蔵についての興味は薄い。

五年前のこととなれば、もう当時の痛手を知る者も少なくなっていた。

時太郎の死も、今ではすっかりと忘れられている感がある。

何かが起こってから動くのが役所の常だ。

旗本、御家人はそもそも徳川《とくがわ》家に仕える点で奉行所の役人とは同じ立場にある。

貧しいゆえに悪巧みに手を貸すのだ。大目に見てやればよいし、わざわざ衝突することもないと考えているのであろう。

——そんならおれがことを起こしてやる。

叩けば埃の出る連中を、叩かぬままにしておいては思案の長次郎の名がすたる。

時太郎は正しいことをして殺されたのだ。

その死を思い出さず、後の世のために生かそうとせぬのでは、時太郎があまりにも哀れではないか。

離れ家は木立の中から窺い見られた。

家屋に続く庭が、木立と一体化していて、庭との境い目は背の低い生垣となっているのだ。

離れにはぼんやりとした灯が点っている。

お蝶の話によると、ここで望月は数人のやくざ者と会い、賭場の取り決めをするらしい。

そこには門人達も立ち会うようであるから気をつけねばならない。

徒《いたず》らに離れに近付かず、ここに出入りするやくざ者の姿を捉え、そ奴らの跡をつけるつもりである。

望月一党を追うより、連中と交わるやくざ者を追いかける方が楽で安全だ。そこを突つけばきっと望月の綻びも生まれるはずだ。

船宿の船着き場の物陰から見張っていると一艘《そう》の屋根船が到着して、望月が怪しげな男二人と降り立ち、それを門人達が迎えている姿が確かめられた。

そして一行は船宿の中へ消えた。長次郎は裏へ回り、今木立の中から離れを窺っているのだ。

しかし、望月一味は船宿に入ったはずなのに、離れにはいつまでたっても人影がない。

「親分、御苦労だったな……」

不意に望月の声がした。

「畜生……」

長次郎は懐に呑んでいた丸形一尺の十手を握りしめた。

木立の中に望月万蔵と、その門人達が次々と現れた。

「お前の女房が黙ったままならどうしようかと思ったが、よく来てくれたな」

望月はニヤリと笑った。

「そうかい。ふッ、まんまといっぱいくわされたぜ」

長次郎は、罠にはめられたと気付いた。

女房のお蝶が偶然耳にした浪人達の悪巧みは、わざとお蝶の耳に届くようにし向けた、望月の策略であったのだ。

その上で娘のおはなに近付き不安を煽《あお》り前後の見境えをなくさせる。

時太郎を殺された恨みと、一人で戦う焦りが、長次郎の思考を鈍らせるであろう。

その穴に長次郎は落ちてしまったのだ。

「残念だったな。長次郎、お前は女房の戯言《たわごと》を真に受けて、ここへ来る中に橋から落ちて溺れ死んだってことになるんだなあ……」

望月一党は、手に手に袋竹刀を持っていた。

斬らずにこれで長次郎を捕えて、無理矢理酒を腹に流し込み、海へ捨てる肚であった。

「その前に、せめてお前の頭を叩き割ってやらあ、覚悟しやがれ！」

長次郎は十手を構えると、何とか虎口《ここう》を脱せんとして、前に出ると見せかけ、いきなり後ろの一人に打ちかかった。

かつては剣術道場に通って武芸を鍛えた長次郎である。その辺りの御用聞きとは腕が違う。

袋竹刀を振り上げる相手の懐にとび込むと、十手でそ奴の腹を突いた。

相手はその場に倒れて悶絶《もんぜつ》したが、多勢に無勢はいかんともし難い。

数を恃《たの》みのいかさま剣客達とはいえ、争闘には慣れた浪人が望月を合わせてまだ五人いるのだ。

一人倒しても逃げ場は生まれない。

後から肩を打たれ、前に出るところを袋竹刀で打ち込まれる。これは何とかかわしたものの、包囲の網は一段と狭くなっていた。

「ふッ、お前のような馬鹿を見たことがない。その正義面を見ていると虫酸《むしず》が走るわ」

望月は袋竹刀を突きつけながら長次郎に言った。さすがにその剣の筋は、門人達と違って研ぎ澄まされている。

「そうだろうな。お前達鬼にとっちゃあ、正義は仏の言葉だ。聞く度に耳が痛むんだろうよ。だが言っとくぞ、おれは正義なんて上等な物は持っちゃあいねえや。まっとうに健気に生きている者を踏みつける奴が頭にくるからぶちのめしたくなる、それだけよ！」

覚悟を決めた長次郎が、堂々たる啖呵を切って十手を振りかざした時であった。

猛烈な勢いで新手の武士二人がその場に割り込んで来て、

「御免！」

と、長次郎の腹を柄頭で突き、その場に昏倒《こんとう》せしめた。

「な、何奴……」

望月は驚いて二人を見た。

容易く長次郎を倒した二人は、一瞬にして門人二人をも、峰打ちで地面に這わせていたのである。

この二人は宗十郎頭巾によって、夜陰に顔を隠した新三と太十であった。

もう少し遅れていたら大変であったと、二人は胸を撫で下ろしつつ、長次郎をまず倒して己が姿を見られぬようにしてからいざ戦わんと向き合ったのである。

長次郎が一人を倒してくれていたから、残るは後三人――。

「おれ達は、いかさま剣客を見かけると、捨て置けぬ者でな」

「つい喧嘩を売りたくなるのよ！」

二人が言い放った刹那。

今一人も太十に足を砕かれその場に倒れた。

「おのれ！」

望月はやにわに抜刀し、新三に斬り付けた。

目の覚めるような一刀が、鋭い刃風を巻き起こし新三に迫った。

彼は西村七左衛門の真剣での型を、その一瞬に思い出した。

――あの一刀に比べるとたかがしれている。

心と体がたちまち反応し、新三は下からそれを己が刀で撥《は》ね上げた。

「うッ……」

望月は唸った。

これほどまでに苦もなく己が一刀を返された記憶がなかったからだ。

その気の迷いを太十が見事な連係で衝《つ》いて、望月の刀を今度は上から豪快に叩いた。

望月の手が痺《しび》れた。

そこへ新三が猛然と打ち込む。

防戦一方の望月は、新三に小手を打たれ、刀を取り落したところを、太十に右膝を打ち砕かれた。

逃げ出そうにも足が竦み、新三に白刃を突きつけられた三雲磯太郎が、一人だけ木立の中に立っていた。

「お見事でござる……。いや、わたしはそのこの連中に言葉巧みにこれへ誘われましてな……」

この期に及んでも、弁舌で逃がれようとする三雲の顔の卑しさは、あの日、小倉で西村道場を貶《おとし》めた時のものと同じであった。

「言葉巧みに……？」

「それはお前のことだろう」

「九州小倉でもそうであったのう」

「武士の風上にも置けぬ奴めが」

新三と太十は、じりじりと三雲に迫り、嘲けりの言葉を投げかけた。

「九州小倉……？　はて、どこぞでお会いいたしましたかな？」

ますます親しげに語りかけてくる三雲磯太郎を睨みつけると、

「会《お》うたと思うたが思い違いであった……」

と、新三、

「お前のようなくされ浪人、知るはずもないわ！」

と、太十。

阿吽の息で新三は左足を、太十は右足を、それぞれ峰打ちに砕くと、三雲は絶叫して地面を這い、一生歩けぬのではないかという痛みに七転八倒した。

新三と太十は頷き合ったが、二人の顔に笑みはなかった。

まず望月万蔵を倒し、じっくりと三雲磯太郎に、あの小倉での仕返しをしてやろう──。

その策はぴたりと決まったが、

──こんなくだらぬ奴を、この何年も師の仇と求めていたのか。

隠居の作右衛門が言ったことは正しかった。

小者は放っておいたとて自滅したのだ。

新三と太十は、空しさに襲われていた。

しかし、感傷には浸っていられない。次なる仕事が二人を待っている。そしてそれが今の二人の救いであった。

二人は木立の中を駆け回り、望月達の差料を集めて遠くへ放り投げると、倒れている長次郎を連中から離れた木陰に安置して木立を脱した。

近くの稲荷社《いなりしや》に〝金松屋〟の九郎兵衛が待っているのだ。

十一

「親分、どうなさいました。親分……」

新三に揺り起こされ、長次郎は正気に戻った。

「こいつは凄えや。新さんと太ァさんがいるぜ……。てえことは、おれは生きているのか」

新三と太十は、謎の宗十郎頭巾の武士から素早く常着に戻ると、すぐに木立にとって返し、長次郎を助け起こしたのである。

「生きているどころか、てえしたもんですぜ」

新三は、長次郎に傍に落ちている十手を握らせ、木立を見廻した。

木立の中では、足を峰打ちに痛めつけられた者、腹を殴打されて失神している者達がそれぞれ地面に倒れていた。

「奴らは望月の……」

長次郎はきょとんとした。

自分は望月一味の新手に襲われて気を失ったと思ったが、気が付くと皆が打ち倒されているではないか。

「あっしらにも何が何やらわからねえんですがね……」

新三と太十は、お蝶の口から長次郎がここに出張っていると聞いて駆けつけたところ、宗十郎頭巾の武士が数人で望月達を叩きのめして去っていくところに出くわしたと告げた。

「宗十郎頭巾の……？」

やはり夢から醒めやらぬのかと長次郎は首を傾げたが、

「何だっていいですぜ。親分は一人で奴らに立ち向かったんだ。神仏のお助けが舞い下りたってわけでさあ」

新三は長次郎を鼓舞した。

話すうちに長次郎の五体に力が戻ってきた。

新三と太十は、頃やよしと足を引きずりながら、木立の中から立ち去ろうとしてい

る望月万蔵を見て、

「親分、あの野郎が逃げますぜ！」

「早くとっ捕えねえと……」

と、長次郎をけしかけた。

「あの野郎……！」

長次郎は十手を手に、

「待ちやがれ！　望月万蔵、神妙にしやがれ！」

と、立ち上がってたちまち望月に追いついた。

その手前に、悶絶している三雲磯太郎が倒れていたが、こ奴は新三と太十が再び踏みつけにして長次郎に続いた。

自分達は三雲磯太郎への意趣返しが出来た。今度は長次郎の番だと思い、二人は望月が幽《かす》かに動けるよう、手加減しておいたのだ。

「おのれ……、おれを捕えたとて何にもならぬぞ……」

望月は這いつくばるようにして、長次郎を睨みつけた。

「どうなるかは、お上が決めることだ！」

長次郎は愛用の丸形十手で、望月の額を割った。望月は堪らず失神した。

「ざまあ見やがれ！」

長次郎は、時太郎を思い出して、天に祈ったのである。

それから、長次郎は望月万蔵一味をことごとく縛りあげて、木立の木に括りつけた。

すると、望月の懐から旗本数家と交わされた念書が出てきた。

どうやら望月はいざという時のために、この数日は念書をちらつかせんと、肌身離さず持ち歩いていたらしい。

さらに霊岸島の道場を検《あらた》めてみると、望月が違法に手を染めた証となる念書、証文などが多数見つかった。

新三と太十が長次郎と懇意で、心配になって様子を見に行ったところ、長次郎が望月一味に襲われているのを見たという証言も、奉行所の取り調べで取り上げられた。

御用聞きが、ただ一人で悪辣な浪人達に立ち向かったことは町の評判を呼び、奉行所も看過出来なくなった。

同心・辻圭之助は、その弱腰を、隠居した父・圭蔵からきつく叱責され、

「もう少し様子を見て、しかるべき取り締りを行うつもりであったのだ。いささか先

走りが過ぎるぞ」

などと長次郎に嫌味を言いつつ、手強い相手だと内心恐れていた剣客浪人達が、全員呆気なく縄目についたのだ。ここは自分が捕えたことにしてしまおうと、望月以下六人を次々と裁きにかけた。

旗本達と交わした不埒な念書は、目付の許に届けられ、五年前に遡《さかのぼ》って一件に関った旗本、御家人の面々は厳しい詮議を受けることになった。

ひとまず長次郎とその女房子供は、枕を高くして寝られる日常に戻ったのだが、

「その、宗十郎頭巾の武士ってえのは、いってえ何者だったんだい？」

長次郎は、新三と太十に問うたものだ。

決して自分を助けに来てくれたわけでもなかった。お前は邪魔だとばかりに、刀の柄頭でその場に倒されたのである。

だが、咄嗟に自分を守って、人知れず連中を倒し、風のように立ち去ったとも言える。

新三と太十は、長次郎が襲われているところへ割って入った武士は、日頃から望月達の剣客らしからぬ態度を見かけ、義憤にかられていたように思えた。

そして、容赦なく叩き伏せる姿をまのあたりにして足が竦み、しばらく出て行けな

かったと話した。

「さっといなくなったのは、後の始末が面倒だったからじゃあねえですかねえ」

「まあ、まともな剣客もいるってえことですぜ」

新三と太十にそう言われると、

「なるほど、軍神のようなお人もいるってことか。世の中はおもしれえなあ」

長次郎は無理に納得した。いつしか噂は一人歩きして、長次郎が不良浪人達を一人で叩き伏せたとなり、彼は随分と当惑していたのだが、

「何よりもおもしれえのは、目立たずそっとどこまでもおれの味方をしてくれた、今時珍しい駕籠舁きがいるってことさ」

彼はつくづくと語り、新三と太十に感謝したのであった。

だが、〝駕籠留〟のお龍とお鷹は、二人のおもしろさが気に入らない。

「つまるところ、思案橋の親分を助けたのは、新さんと太ァさんじゃあないか」

「姉さんの言う通りだね。足が竦んだかどうかは知らないが、二人が駆け付けたからこそ、逃げ出そうとした悪党の頭を、親分は捕えることができたんだからねえ」

「だろう、ああ、いつもながら何だかじれったいねえ」

「まったくだよ。あたし達が二人のことをあれこれ言うとお父っさんは、黙っていろ

と怒るしねえ」

「新三と太十……。もっと売り出したいねえ」

「それが余計なことなんだってさ。お父っさんも何を考えていることやら」

事件から五日がたった夜に、姉妹でぼやくことしきりであった。

そのお父っさんの留五郎は、三河町の〝金松屋〟で、九郎兵衛に招かれ新三と太十を連れて一杯やっていた。

今宵《こよい》は隠居の作右衛門が店に来ているらしい。

男ばかりでこそこそと――。

それがお龍とお鷹には気に入らないのだが、新三と太十の素生と本懐を知る男達にとっては、時に必要な会合なのだ。

「さて、これで小さな方は片付きましたねえ」

作右衛門はやれやれとした口調で言った。

今井磯之助こと三雲磯太郎は、望月の一味として捕えられ、二度と娑婆には戻れまい。

「後は、兵頭崇右衛門、河原大蔵、この二人を何としても見つけ出しとうございます」

新三が重々しく言って、太十もこれに相槌を打った。

作右衛門はふっと笑って、

「渋田見様を闇討ちにした咎人は、早見《はやみ》新助《しんすけ》というお人だと知れて、獄門に処せられるとか……」

その後の小笠原家の内情を告げた。

主謀者が裁かれたとて、新三と太十の兵頭への恨みは変わりはしない。二人が厳しい表情を変えることはなかった。

――そんな危ねえ橋を渡らずに、ずっとうちの駕籠屋にいてくれねえのかなあ。

留五郎は無口になって、九郎兵衛と盃《さかずき》のやり取りをしている。

新三と太十は、親方の気持ちがわかるので、申し訳ないと二人で頭を下げた。

それが辛くて留五郎の酒が進む。

「ご隠居、九郎兵衛旦那、あっしはねえ、こんなことを言っちゃあなんだが、兵頭とか河原とかはどうだっていいんだ。新さんと太ァさんが巡り合わねえことを日々祈っておりますよ。酔って言うんじゃあありませんがねえ、この二人はほんとうに好い男なんだ……。恨みつらみに凝り固まって、この先が見えねえなんて辛すぎらあ……」

今宵は二人が三雲磯太郎を好い形でこの世から葬った祝いの席であったはずなの

に、珍しく留五郎は酔ってくだを巻いた。

「親方……」

「嬉しゅうございますよ……」

留五郎の気持ちが痛いほどわかるので、新三と太十の目に涙が光った。

恨みつらみは忘れてしまって、駕籠を昇いて人の役に立てたら何よりではないか——。

そう思いつつ、命の恩人である西村七左衛門の無念が頭から離れない二人であった。

新三と太十が担ぐ駕籠は、さていったいどこへ向かって行くのだろうか。

「仇討ちなんて、根っからの侍がするもんだ。あっしはどうも気に入りません。ええ、気に入りませんねえ……」

酔った留五郎の嘆き節はなかなか終りそうになかった。

本書は、講談社文庫のために書き下ろされました。

|著者|岡本さとる　1961年、大阪市出身。立命館大学卒業。松竹株式会社入社後、新作歌舞伎脚本懸賞に「浪華騒擾記」が入選。'86年、南座「新必殺仕事人　女因幡小僧」で脚本家デビュー。以後、江科利夫、岡本さとるの筆名で、劇場勤務、演劇製作の傍ら脚本を執筆する。'92年、松竹退社。フリーとなり、脚本、演出を手がける。2010年、小説家デビュー。以来、「取次屋栄三」「剣客太平記」「居酒屋お夏」など人気シリーズを次々上梓。本作は「駕籠屋春秋 新三と太十」シリーズ第2作。

質屋《しちや》の娘《むすめ》　駕籠屋《かごや》春秋《しゅんじゅう》 新三《しんざ》と太十《たじゅう》

岡本《おかもと》さとる

講談社文庫

定価はカバーに表示してあります

2021年2月16日第1刷発行

発行者――渡瀬昌彦
発行所――株式会社　講談社
東京都文京区音羽2-12-21　〒112-8001
電話　出版（03）5395-3510
　　　販売（03）5395-5817
　　　業務（03）5395-3615

デザイン―菊地信義
本文データ制作―講談社デジタル製作
印刷―――凸版印刷株式会社
製本―――株式会社国宝社

Printed in Japan

ISBN978-4-06-522413-7

講談社文庫刊行の辞

二十一世紀の到来を目睫に望みながら、われわれはいま、人類史上かつて例を見ない巨大な転換期をむかえようとしている。

世界も、日本も、激動の予兆に対する期待とおののきを内に蔵して、未知の時代に歩み入ろうとしている。このときにあたり、創業の人野間清治の「ナショナル・エデュケイター」への志を現代に甦らせようと意図して、われわれはここに古今の文芸作品はいうまでもなく、ひろく人文・社会・自然の諸科学から東西の名著を網羅する、新しい綜合文庫の発刊を決意した。

激動の転換期はまた断絶の時代である。われわれは戦後二十五年間の出版文化のありかたへの深い反省をこめて、この断絶の時代にあえて人間的な持続を求めようとする。いたずらに浮薄な商業主義のあだ花を追い求めることなく、長期にわたって良書に生命をあたえようとつとめるところにしか、今後の出版文化の真の繁栄はあり得ないと信じるからである。

同時にわれわれはこの綜合文庫の刊行を通じて、人文・社会・自然の諸科学が、結局人間の学にほかならないことを立証しようと願っている。かつて知識とは、「汝自身を知る」ことにつきていた。現代社会の瑣末な情報の氾濫のなかから、力強い知識の源泉を掘り起し、技術文明のただなかに、生きた人間の姿を復活させること。それこそわれわれの切なる希求である。

われわれは権威に盲従せず、俗流に媚びることなく、渾然一体となって日本の「草の根」をかたちづくる若く新しい世代の人々に、心をこめてこの新しい綜合文庫をおくり届けたい。それは知識の泉であるとともに感受性のふるさとであり、もっとも有機的に組織され、社会に開かれた万人のための大学をめざしている。大方の支援と協力を衷心より切望してやまない。

一九七一年七月

野間省一